Frank Huhnhäuser

Jochen – Bastardkind II

Stirb endlich!

Bibliografische Information der Deutschen Nationalbibliothek:
Die Deutsche Nationalbibliothek verzeichnet diese Publikation in der Deutschen Nationalbibliografie; detaillierte bibliografische Daten sind im Internet über http://dnb.dnb.de abrufbar.

1. Auflage 2018

Titelbild, Cover und Layout:

Frank Huhnhäuser

Lektorat:

Caroline Régnard-Mayer & Ute Blumenthal

Herstellung und Verlag: BoD – Books on Demand, Norderstedt

ISBN: 9783748138983

Liebe Leserinnen, liebe Leser,

all jenen, die den ersten Teil dieses Buches (Jochen – Bastardkind) noch nicht gelesen haben, möchte ich hier einen kleinen Rückblick geben.

Jochen wurde 1960 in der ehemaligen DDR geboren. Seine Eltern flüchteten kurz vor dem Mauerbau mit ihrem Sohn in den Westen. Nach der Scheidung der Eltern lebte Jochen ein paar Jahre bei verschiedenen Pflegefamilien, bis sein Vater wieder heiratete. Jochens Halbbruder Hannes wurde kurz darauf geboren. Jochen wurde von seiner Stiefmutter von da an fast täglich physisch und psychisch misshandelt, auch sein Vater beteiligte sich an der Gewalt, während er die Hilferufe des Jungen ignorierte. Von seinen neuen Großeltern wurde Jochen nur das fremde »Bastardkind« gerufen.

Im Alter von 12 Jahren erkrankte Jochen an Morbus Crohn, einer chronisch entzündlichen Darmerkrankung (CED). Diese Krankheit äußert sich durch heftige Durchfälle, schmerzhafte Bauchkrämpfe und Darmdurchbrüche, durch die sogenannte Fisteln (unnatürliche Gänge) entstehen. Diese Fisteln förderten den Stuhlgang durch Jochens Muskelfleisch über den Hintern nach draußen. Die Krankheit war in den damaligen Jahren fast vollkommen unbekannt; die Ärzte standen vor einem Rätsel und missbrauchten Jochen als Versuchskaninchen. Etliche Untersuchungen, die heute in dieser Art und Weise nicht mehr durchgeführt werden, musste der Junge über sich ergehen lassen.

Jochen machte eine Ausbildung zum KFZ-Schlosser und legte die Meisterprüfung ab, obwohl er ständig unter heftigen Schmerzen und blutigen Durchfällen litt.

Im Jahr 1980 traf Jochen seine Traumfrau Sabrina, die er 1984 heiratete. Auch sie fand keine Anerkennung bei Jochens Stiefmutter und seinem frauenverachtenden Vater. Von Sabrinas Eltern wurde der junge Mann ebenfalls nicht akzeptiert; er wurde sogar von seiner Stiefmutter mehrfach geschlagen. Doch das Paar überstand diese schlimmen Zeiten.

Jochens Eltern glaubten von Beginn an nicht, dass der Junge schwer erkrankt war und nannten ihn nur faul und dumm. Selbst nach der ersten großen Darmoperation machten sie sich weiterhin über ihn lustig.

Im Jahr 1990, im Alter von gerade mal 30 Jahren, musste der junge Mann in Rente gehen.

In diesem Teil erzählt Ihnen Jochen von seinen fast alltäglichen Problemen mit der Krankheit. In mehreren Operationen wurde ihm unter anderem fast der ganze Magen entfernt und ein künstlicher Darmausgang angelegt, ein sogenanntes Stoma. Sie werden mitgenommen auf eine Reise durch den Wahnsinn, als Jochen nach multiplem Organversagen im Koma lag. Ebenso werden Sie von den eskalierenden Streitigkeiten mit seiner Familie nach dem sonderbaren Suizid seines Vaters erfahren.

Mit seiner leiblichen Mutter hatte Jochen zwischenzeitlich kurzen Kontakt, der aber an seinem 30. Geburtstag, nach einer völlig überzogenen Beschuldigung, abbrach.
Dieses Ereignis bildet den Anfang dieser Erzählung.

Ich wünsche Ihnen gute Unterhaltung.

Herzlichst, Frank Huhnhäuser

Kapitel 1

Besuch ist wie Fisch – nach 3 Tagen stinkt er
Benjamin Franklin (1706 – 1790)

D as Jahr 1990 brachte viele Veränderungen für uns. Aufgrund meiner immer heftiger werdenden Krankheit musste ich in Rente gehen. Das war finanziell ein großer Rückschlag für uns, da wir nun mit weniger als der Hälfte meines ursprünglichen Arbeitslohns auskommen musste. Meine Frau Sabrina arbeitete in einem großen Musikladen und hatte ein gutes Gehalt. So konnten wir uns neu organisieren.

An meinem 30. Geburtstag kam es zum endgültigen Bruch mit meiner leiblichen Mutter und deren Ehemann. Der Abend verlief von Anfang an in einer seltsam bedrückten Stimmung. Wir wussten, dass es in der Ehe der beiden heftig kriselte. Spät am Abend bemerkte der Ehemann meiner Mutter, dass ihm seine Geldbörse fehlte. Für ihn stand fest, dass wir ihn bestohlen haben mussten. Nach diesem Vorwurf entstand ein lauter Streit, der damit endete, dass wir die beiden baten, unsere Wohnung zu verlassen und nie mehr wieder zu kommen.

Der Verlust der Geldbörse klärte sich noch vor der Abreise auf; sie war ihm schlicht und einfach aus der Hose gefallen und in die Stofffalte unserer Couch gerutscht. Erst später wurde uns bewusst, dass das ganze Szenario meiner Mutter dazu diente, im Ergebnis diesen Bruch zu erreichen. Mein runder Geburtstag bleibt mir bis heute als Negativerlebnis im Gedächtnis.

* * *

Ein Jahr zuvor, im November 1989, war die Mauer gefallen, nachdem der Druck der demonstrierenden Bevölkerung zu groß wurde. Achtundzwanzig Jahre lang hatte die SED die Menschen unterdrückt, ausspioniert und gegeneinander aufgebracht. Systemkritiker wurden mundtot gemacht oder weggesperrt. Eine Mauer und ein Todesstreifen mit Grenzzaun, in dem ein Schießbefehl galt, schotteten die DDR gegen den „bösen" Westen ab. Den Bürgern wurde die Ausreise untersagt, nur systemtreue Menschen und später auch Rentner, hatten die Chance auf einen Besuch im Westen. Viele Menschen starben bei Fluchtversuchen. Mehr als 75.000 Menschen wurden wegen „ungesetzlichen Grenzübertritts" inhaftiert. Dieses Regime wurde durch den gewaltlosen Protest hunderttausender Menschen, etwa bei den Montagsdemonstrationen, zur Öffnung gen Westen gezwungen. Der Präsident der damaligen UdSSR, Michail Gorbatschow, und der Bundeskanzler der BRD, Helmut Kohl, hatten entscheidenden Anteil an der Grenzöffnung.

Die Wiedervereinigung wurde von Politikern und Bürgern als Jahrhundertereignis gefeiert und inszeniert. Die Bürger der ehemaligen DDR durften nun überall hinreisen, was viele auch sofort taten. Verwandte, die sich etliche Jahre nicht mehr sehen oder besuchen durften, hatten nun die Möglichkeit, sich ohne Bespitzelung und jahrelangem Warten auf Genehmigungen von Behörden, wiederzusehen. Unter anderem machten auch meine „gefühlten" Cousins von ihrem neuen Recht Gebrauch.

Der jüngere der beiden Brüder fragte telefonisch nach, ob sie uns besuchen dürften. Sie würden gerne ein paar Tage bei uns wohnen und sich die Gegend anschauen. Wir sagten zu und freuten uns darauf.

Im Sommer kamen Willi und seine Freundin für eine Woche nach Baden-Württemberg. Wir zeigten ihnen die Schwäbische Alb und gingen mit ihnen nach Stuttgart zum Shoppen. Die beiden hatten viel Spaß und staunten über die freie und offene westliche Lebensart und unsere Supermärkte. In der DDR gab es fast nur kleine Läden mit einem sehr begrenzten Sortiment. Die Bürger hatten zwar die Möglichkeit, das KDW in Berlin zu besuchen, konnten sich aber meist die angebotenen Artikel nicht leisten. Wir hatten schöne Tage zusammen und die beiden luden uns ein, sie auch einmal in ihrer neuen Wohnung in Berlin zu besuchen.

Nachdem sie wieder zurück nach Berlin gefahren waren, meldeten sie sich nie wieder. Briefe blieben unbeantwortet, Anrufe kamen nicht durch, da die Telefonnummer anscheinend nicht mehr existierte. Eine Enttäuschung, die noch nicht das Ende unserer Erfahrungen mit der Ost-Verwandtschaft darstellte.

Auch der ältere Bruder Albert hatte im Frühjahr angekündigt, uns vielleicht zu besuchen. Wir wussten, dass er Urlaub in Österreich geplant hatte, aber er meldete sich vorher nicht mehr bei uns. Mit der Zeit vergaßen wir die Sache.

* * *

Im Hochsommer ging ich jeden Abend mit Sabrina angeln. In einem Hafen in der Nähe hatte ich ein Boot liegen und wir genossen die Sonnenuntergänge auf dem Wasser. In diesem Jahr fing ich sehr viele Zander, wohlschmeckende Speisefische, die oft erst in der Dämmerung anbissen. So wurde es oft sehr spät, bis wir nach Hause kamen. Eines Abends, wir kamen gerade zur Wohnungstür herein, klingelte unser Telefon. Es war gegen 23:30 Uhr. Ich nahm den Hörer ab, zu meiner Überraschung war meine leibliche Mutter in der Leitung.

»Verdammt nochmal, wo seid ihr denn? Warum geht ihr nicht ans Telefon?«, schrie sie mich an.

Ich war verblüfft, hatten wir doch seit meinem Geburtstag keinen Kontakt mehr.

»Was willst du denn von mir?«, fragte ich nicht gerade freundlich.

»Albert ist plötzlich hier aufgetaucht. Die wollen bei euch Urlaub machen, ihr wart aber nicht da! Was soll das? Ihr wisst doch, dass die heute zu euch kommen. Ich schicke sie jetzt los, hier können die mit ihren Kindern nicht bleiben!«

Jetzt? Kinder? Ich wusste von all dem nichts. Nachdem ich tief durchgeatmet hatte sagte ich ihr das, was mir natürlich nicht geglaubt wurde.

»So ein Quatsch, die haben sich doch bei euch angemeldet.«

Hatten sie definitiv nicht. Ich hielt das Gespräch so kurz wie möglich und informierte danach Sabrina. Auch sie war überrascht von der Situation und nicht gerade erfreut. So schnell wie möglich verarbeitete ich die gefangenen Fische, Sabrina richtete unser Büro als Gästezimmer her.

Eine Stunde später traf Albert ein. Im Schlepptau hatte er seine Freundin und zwei kleine Mädchen. Von all diesen Personen hatten wir bis dahin keine Ahnung. Die Stimmung war gereizt und uns wurde zum Vorwurf gemacht, dass wir sie nicht erwartet hätten. Im Laufe der Gespräche gestaltete sich das Geschehen allerdings vollkommen anders als dargestellt.

Albert hatte mit seiner neuen Familie, die Kinder waren die seiner Freundin, tatsächlich Urlaub in Österreich gemacht. Mit seinem nagelneuen Auto, das er sich gleich nach der Wende auf Kredit gekauft hatte, waren sie losgefahren. In Österreich angekommen, waren sie von den unglaublich hohen Preisen überrascht. Sie hatten nur sehr wenig Geld dabei, da Albert gerade arbeitslos geworden war und nach nicht einmal einer Woche der ursprünglich geplanten drei Wochen Urlaub hatten sie kein Geld mehr. So beschloss die kleine Familie zu uns zu fahren und hier den Urlaub fortzusetzen. Natürlich wurde vergessen, uns davon zu informieren. Nachdem dies endlich geklärt war, fragte Alberts Freundin Wendy, ob wir keine Cola im Haus hätten. Sie hatte im Kühlschrank für ihre Mädchen, die etwa 4 und

5 Jahre alt waren, nach Getränken gesucht. Die Kinder waren immer noch hellwach und unruhig.

»Cola für die Kinder?«, fragte ich erstaunt.

»Um diese Uhrzeit? Es ist weit nach Mitternacht. Eure Kinder schlafen da sicher nicht mehr ein. Wir selbst trinken keine Cola, gib doch den Kleinen etwas anderes. Wir haben Wasser, Sirup und Saft, irgendetwas werden sie wohl trinken.«

»Na super! Das wird eine Quengelei geben. Seit wir an echtes Coca-Cola kommen, trinken die Kleinen nichts anderes mehr. Ich hoffe, ihr kauft uns das gleich morgen!«

Naja, die Hoffnung stirbt zuletzt, dachte ich für mich, aber antwortete:»Nein, das werden wir nicht kaufen. Wenn ihr das unbedingt haben wollt, dann bitte, zwei Straßen weiter befindet sich ein Supermarkt.«

Diese Dreistigkeiten meiner Verwandtschaft sollten noch mehrere Steigerungen erfahren.

Schon vor dem Frühstück am nächsten Morgen hatte Albert das von den Kindern gewünschte Getränk besorgt. Natürlich beschwerte er sich bei mir, dass auch in unseren Supermärkten alles so teuer sei.

Willkommen in der freien Marktwirtschaft.

Während des Frühstücks besprachen wir die weiteren Tage. Ich sagte meinem Cousin, dass er mit seiner Familie eine Woche hierbleiben könnte, in der Woche darauf müsste ich wieder zu einer Untersuchung ins Krankenhaus. Sabrinas Urlaub war vorbei und sie arbeitete in der jetzigen Woche schon wieder. Dadurch kam meine Frau üblicherweise erst gegen siebzehn Uhr nach Hause. Wir fragten, ob Wendy mittags eventuell selbst kochen wolle, da die Kinder sicher geregelte Essenszeiten hatten. Wir sorgten uns, dass sonst die Kleinen den ganzen Tag Hunger litten. Die Antwort überraschte uns etwas.

»Nein, nein, das ist nicht nötig. Kocht ihr ruhig abends, wenn Sabrina da ist. Die Kinder sind das gewohnt«, erwiderte Wendy.

Diese Aussage kam uns zwar sehr ungewöhnlich vor, aber die Kinder bekamen ja auch den ganzen Tag Cola zu trinken. Da passte das späte Essen perfekt dazu.

In den folgenden Tagen fuhr Albert mit seiner Familie regelmäßig morgens weg und kam gegen Abend zurück. Wo sie die Tage verbrachten erzählten sie uns nicht. Die Stimmung war weiterhin leicht gereizt. Eines Abends wollte Albert unbedingt mit mir angeln gehen. Ich fragte ihn, ob er einen Angelschein habe, um eine Tageskarte für das

Gewässer zu lösen. Diese musste vorher in einem Angelgeschäft gekauft werden. Albert sah nicht ein, dass er Geld fürs Angeln ausgeben sollte. Er würde sowieso nur zuschauen.

Ich fuhr mit ihm ans Wasser, während seine Familie bei Sabrina blieb. Als wir am Gewässer angekommen waren, bestiegen wir das Boot und ich ruderte hinaus. Am Angelplatz angekommen packte ich meine Sachen aus und begann zu angeln. Plötzlich fragte Albert: »Und wo sind die Angeln für mich? Ich will ja schließlich zu Hause sagen können, dass ich hier Zander gefangen habe.«

»Du wolltest doch keine Karte kaufen, dann kann ich dich auch nicht angeln lassen. Damit würde ich mich strafbar machen.«

Albert brachte dafür kein Verständnis auf. Im Osten wäre das nicht nötig, da angelt jeder wie und wo er will.

»Dann wirst du dich in nächster Zeit daran gewöhnen müssen, dass sich das auch bei euch ändern wird. Ich werde mich jedenfalls nicht der Beihilfe zur Fischwilderei strafbar machen. Ich gebe dir keine Angel.«

Für mich war die Diskussion damit beendet, meine Geduld erstrecht. Albert murmelte noch etwas von „scheiß´ Westen" vor sich hin und redete den ganzen Abend kein

Wort mehr mit mir. Ich brach die Angelei relativ schnell ab und wir fuhren nach Hause.

Am nächsten Morgen verschwand er wieder mit seiner Familie, was mir ganz recht war. Ich hatte mich den Abend zuvor dermaßen aufgeregt, dass der Morbus Crohn wieder aktiv wurde. Andauernd musste ich zur Toilette, ich schluckte etliche Tabletten und nahm Tramal, um die Fistelschmerzen zu unterdrücken. Eine innere Unruhe hatte mich erfasst, ein normales Phänomen, wenn ich mich aufrege. Da ich weder sitzen noch liegen konnte, ging ich mehrmals spazieren. Die Ruhe der Natur bringt mich immer wieder schnell auf den Boden zurück. Noch heute spaziere ich bei Ärger am Wasser entlang, beobachte Vögel und Fische. Damit beruhige ich mich und bin danach ausgeglichener.

Sabrina kam etwas früher von der Arbeit. Kurz darauf erschien auch Albert mit seiner Familie. Die Kinder wurden von den beiden sofort ins Gästezimmer geschickt. Mein Cousin fragte daraufhin, ob wir uns zum Reden zusammensetzen können. Konnten wir, hätten allerdings nicht erwartet, was uns nun vorgeworfen wurde. Alberts Freundin begann das Gespräch.

»So geht das nicht mehr weiter!«

Das hatten wir auch schon gedacht.

»Wir sind den ganzen Tag herumgefahren, um etwas für die Kinder zu essen zu bekommen. Erst abends zu Mittag essen ist für die Kleinen definitiv zu spät. Die Kleinen sind es gewohnt, mittags etwas Warmes zu essen, aber bei euch bekommen sie ja nichts. Wir haben keine einzige geöffnete Gaststätte gefunden und selbst an einer versifften Grillbude wird man abgezockt! Meine Kinder hungern den ganzen Tag! Ihr müsst ab morgen mittags etwas kochen, wenigstens für meine Kinder, damit die satt werden.«

Diese Dreistigkeit machte uns sprachlos. Hatten wir doch alles angeboten, was nun gefordert wurde. Nach kurzem Überlegen sagte ich zu Albert: »Wenn ihr das so seht, dann bleibt euch wohl nichts anderes übrig, als uns zu verlassen und zwar so schnell wie möglich. Ansonsten könnte es sein, dass ich mich bald nicht mehr im Griff habe.«

Die beiden starrten mich erstaunt an. Dann begriffen sie wohl endlich, dass sie einen Schritt zu weit gegangen waren. Wortlos erhoben sie sich, packten ihre Sachen und verließen das Haus.

* * *

Auch mein Vater hatte ein solches Erlebnis mit meinem Onkel aus dem Osten. Dieser kam immer zu Besuch, wenn die Äpfel im Garten reif waren. Er hatte die Erlaubnis, Äpfel mitzunehmen. Alle, bis auf diejenigen vom Lieblingsbaum meines Vaters, denn diese Äpfel wollte er selbst essen. Das wurde jahrelang befolgt.

Bei einem der Besuche stand mein Onkel sehr früh auf, erntete heimlich den ganzen Baum ab und fuhr nach Hause. Mein Vater war sehr erbost, sagte aber nichts davon zu seinem Bruder, um den Frieden zu bewahren. Er lud ihn im darauffolgenden Jahr wieder ein.

Natürlich haben oder hatten nicht alle unsere „Brüder und Schwestern" aus den neuen Bundesländern eine solche Einstellung. Unsere „Verwandten" waren aber so und zwar alle. Ständig forderten sie. Widersprach man, wurde der Kontakt abgebrochen.

***

In diesem Jahr hatten wir mehrfach für längere Zeit Besuch. Hannes kam eines Tages und fragte, ob er mit seiner Freundin ein paar Tage bei uns bleiben dürfe. Er hatte große Probleme im Elternhaus, was mich nicht gerade wunderte. Nach meinem damaligen Auszug jammerte er mir des Öfteren vor, dass er nun all die Arbeiten machen müsse, die früher zu meinen Aufgaben gehörten. Auch er wurde zu diesem Zeitpunkt von seiner Mutter, meiner Stiefmutter, ständig geschlagen. Anscheinend konnte sie nicht anders und da ich nicht mehr verfügbar war, traf es nun ihren Liebling. Ich hatte mich getäuscht, es ging ihr nicht um meine Person, sie brauchte einfach irgendjemanden, an dem sie ihre Aggressionen auslassen konnte. Natürlich war das ein Schock für Hannes, aber zu dem Zeitpunkt dachte ich, es geschieht ihm recht. Hatte er doch oft dafür gesorgt, dass ich fast täglich geschlagen wurde. Wenn er das erreicht hatte, war er immer sehr zufrieden und grinste mich hinterhältig an.

Nun hatte es also auch ihn getroffen. Ich wusste, was er durchmachte und gewährte ihm trotz meiner inneren Widerstände Unterschlupf. Er richtete sich zusammen mit seiner Freundin auf eine Art bei uns ein, als wolle er nie mehr zurück nach Hause gehen. Nach einigen Tagen wurde mir klar, dass Sabrina und ich erneut ausgenutzt wurden. Wir mussten einkaufen, kochen und die beiden auch noch unterhalten. Wenigstens ihre Betten machten sie ab und zu selbst. Irgendeinen sonstigen Beitrag zum Zusammenleben leisteten sie nicht.

Allerdings bekamen wir in dieser Zeit einige sehr interessante Fakten präsentiert und zogen daraus neue Erkenntnisse.

Hannes´ Freundin war ein sehr gesprächiges junges Mädchen und stellte sich gerne in den Vordergrund. Sie fühlte sich ständig im Recht; ließ kaum Widerrede oder gar eine Diskussion zu. Eines Tages, wir saßen beim Abendessen am Tisch, begann sie zu erzählen:

»Letztes Jahr waren eure Eltern für zwei Wochen im Osten bei eurem Onkel. Wir hatten das ganze Haus für uns alleine. Das ist ja richtig schön und groß, ich habe mich da sehr wohl gefühlt. Wir gehen ja davon aus, dass Hannes das alles mal erben wird und wenn wir verheiratet sind, dann ziehen wir eh´ gleich ein.«

Ich wartete gespannt, was noch von ihr kommen würde.

»Ich habe mir schon überlegt, was wir dann alles verändern und neu machen können. Da ist einiges zu renovieren, euer Vater kann das ja für uns machen. Als ich das Haus genauer unter die Lupe nahm, fand ich hinter einem Schrank sogar das Testament eurer Eltern. Das hat mich doch etwas schockiert.«

Ich selbst war nur davon schockiert, dass sie die Frechheit besaß, überhaupt im ganzen Haus herum zu schnüffeln. Es gehörte schon viel dazu, in einem fremden Haus alles zu durchsuchen und zudem noch hinter die Schränke zu schauen.

»In dem Testament steht doch tatsächlich, dass du, Jochen, auch erbberechtigt bist. Das kann ja nur ein Fehler sein, das passt uns überhaupt nicht in den Kram. Ich hoffe, dass sie das noch ändern. Ihr seid ja mit ihnen schon lange verkracht. Die werden dich doch sicher noch enterben.«

Rumms. Soviel Dreistigkeit aus dem Mund einer gerade mal 20-jährigen Göre. Man verzeihe mir diesen Ausdruck, zu diesem Zeitpunkt fielen mir noch ganz andere Worte ein.

»Es liegt wohl ganz allein an unseren Eltern, was sie für die Zeit nach ihrem Ableben entscheiden und zum Glück nicht an dir oder Hannes. Es ist ganz schön unverschämt, was du uns hier auftischst. Was meinst du, wie unsere Eltern reagieren, wenn ich ihnen irgendwann erzähle, was du hier gerade vorgebracht hast?«

Das Mädchen schaute mich pikiert an und meinte, man müsse sich doch rechtzeitig informieren, was in Zukunft auf einen zukäme. Da war ihre Suche doch ein ganz normales Mittel zum Zweck. Sie sehe das halt so und sagte das auch.

»Ich sehe das nicht so und möchte dich dringend bitten, solche Dreistigkeiten zu unterlassen. Hast du bei uns auch schon alles durchsucht?«

Auf diese Frage bekam ich keine Antwort. Ich richtete meine nächste Frage an meinen Halbbruder.

»Hannes, was denkst du? Stimmst du deiner Freundin in dieser Sache zu?«

Hannes saß die ganze Zeit neben ihr und äußerte sich nicht, auch nicht auf meine Frage. Deshalb ging ich davon aus, dass er alles für richtig hielt, genauso wie seine Freundin. Am nächsten Tag packten die beiden ihre Sachen und gingen, natürlich ohne sich für drei Wochen Unterkunft und Verpflegung zu bedanken.

»Danke« ist ein Wort, das Hannes nicht zu kennen scheint. Das habe ich auch aus Gesprächen mit mehreren seiner ehemaligen Freunde erfahren. Diese erzählten mir, dass Hannes immer gerne Hilfe annahm, sich aber nie bedankte oder selbst einmal half. Wenn die Gelegenheit oder die Bitte zu helfen bestand, fand er immer eine Ausrede, um der Arbeit zu entgehen. Genau deshalb waren sie auch seine „ehemaligen" Freunde.

Kapitel 2

Erfahrung ist die beste Wünschelrute.
Johann Wolfgang von Goethe (1749 – 1832)

Das Jahr 1990 bleibt mir auch als Jahr in Erinnerung, in dem sich der Zustand meines Darms deutlich verschlechterte. Ständige Toilettengänge, dreißigmal am Tag waren Standard, bereiteten mir unglaubliche Schmerzen am Hintern. Dazu kamen die Schmerzen im Bauchraum, ausgelöst von der immerwährenden Entzündung. Oft lag ich in der Klinik, bekam Infusionen, doch wirklich helfen konnte mir niemand. Ich schluckte Schmerztabletten wie Bonbons, was ich Jahre später noch büßen sollte.

Ich machte mich natürlich ständig über meine Krankheit schlau, suchte im Internet nach neuen Behandlungsmethoden oder Ansätzen, um vielleicht eines Tages die für mich beste Behandlung zu finden. Es wäre ja fahrlässig, wenn man nicht nach einer individuellen Lösung zur Linderung der Schmerzen suchen würde. Zwei der vielen Möglichkeiten kamen mir erfolgversprechend vor, also probierte ich sie aus.

Die erste Therapie machte ich nach dem Buch eines Schweizer Professors. Darin wurde bei Morbus Crohn ein Leben ohne Brot als „Heilmethode" angepriesen. Mit dem Professor stand ich während meines Versuchs in Kontakt. Nach zwei Monaten war ich komplett abgemagert, obwohl ich sehr viel aß, nur Brot und Gebäck ließ ich außen vor. Auf Rückfrage sagte mir der Professor, dass ich mindestens ein halbes Jahr diese Diät durchhalten solle, sonst könne sie keinen Erfolg bringen. Nach einer weiteren Woche brach ich den Versuch ab.

Die zweite Therapie lässt mich heute noch nicht ganz los.

Ich vereinbarte einen Termin bei einem Heilpraktiker. Bei dem Telefonat zur Terminvereinbarung gab ich nicht an, welche Probleme ich hatte. Als ich alleine im Wartezimmer saß, kam plötzlich ein Mann mit weißem Rauschebart aus dem Behandlungszimmer. In den Händen hielt er eine Wünschelrute. Ich wollte schon lachen, da ging der Mann mit ausgestreckter Wünschelrute auf mich zu.

»Sie haben eine Wasserader unter Ihrem Schlafzimmer, deswegen schlafen Sie schlecht.«

Er hatte recht. Ich schlief seit Jahren schlecht; habe die Schuld dafür allerdings immer auf den Crohn geschoben.

»Ich spüre, dass Sie nicht im Gleichgewicht sind, Sie haben eine schwere Darmkrankheit.«

Nun war ich erstaunt. Woher konnte dieser Mann das wissen? Ich hatte ihn noch nie gesehen und er sah mich sicher auch das erste Mal.

Nach diesen einleitenden Sätzen begrüßte er mich und bat mich ins Behandlungszimmer.

»Welche Krankheit haben Sie?«, fragte er mich dort.

»Morbus Crohn, seit 18 Jahren.«

Ich schilderte ihm den gesamten Krankheitsverlauf.

»Welche Medikamente nehmen Sie ein?«

»Kortison und Azulfidine, dazu noch Schmerztabletten.«

»Das ist nicht gut. Dann schauen wir mal, ob ich Ihnen helfen kann. Zuerst schleichen Sie das Kortison aus, die Azulfidine werden Sie spätestens in drei Monaten nicht mehr brauchen.«

Wenn man zu einem Heilpraktiker geht, muss man an deren Vorgehensweisen glauben, um Erfolg zu haben. Es kostete mich etwas Überwindung, aber nachdem ich mein Bett umgestellt hatte und wieder schlafen konnte, glaubte ich dem Mann alles.

»Wir beginnen mit biologischen Mitteln, Tabletten und Tropfen, die sie regelmäßig nehmen müssen. Das verschreibe ich Ihnen, sie müssen aber in der Apotheke selbst bezahlen. Zusätzlich spritze ich Ihnen jede Woche etwas, damit sich die Fisteln schließen und Sie bekommen Akupunktur von mir.«

»Was kostet denn so etwas? Ich habe nicht allzu viel Geld.«

»Machen Sie sich darum mal keine Sorgen, Sie sind mit Ihrer Krankheit eine Herausforderung für mich.«

Das konnte man so sehen. Als nach einem Jahr Tabletten, Akupunktur und Spritzen immer noch keinerlei Wirkung zeigten, gab der Heilpraktiker auf.

»Ich gebe zu, ich kann Ihnen einfach nicht helfen. So leid es mir tut, wir müssen die Behandlung abbrechen.«

Auch ich hatte schon in Erwägung gezogen, die Therapie abzubrechen und stimmte ihm sofort zu. Ich fragte ihn nach der Rechnung für die Behandlung. Bisher hatte er nichts gefordert.

»Ich werde doch von Ihnen nichts verlangen. Ich habe Ihnen nicht helfen können und deshalb müssen Sie mir auch nichts bezahlen.«

Da erließ mir der Mann doch tatsächlich die Rechnung von sicher mehreren Tausend DM, weil er mir nicht helfen konnte. Ich rang um Worte, bedankte mich ganz herzlich für seine Güte und ging.

Wenn es doch nur mehr solche charakterstarken Menschen gäbe...

* * *

Im Spätjahr fand das örtliche Fischerfest statt. Unser Verein hatte immer eine Mannschaft zum Wettfischen gemeldet, zu der auch ich gehörte. Wir waren zum wiederholten Mal Pokalverteidiger und der festen Überzeugung, in diesem Jahr das Fischen wieder zu gewinnen. An diesem Samstagnachmittag war es sehr heiß. Das Thermometer knackte die 30° Celsius-Grenze und wir saßen in der prallen Sonne am Wasser. Wieder kündigten sich Durchfälle an und ich verschwand alle 5 Minuten in einem der aufgestellten Toilettenhäuschen. Bei meinem dritten Toilettenbesuch passierte es, ich saß in dem Häuschen fest, da der Durchfall ständig aus mir herauslief; keine kurze Pause war mir vergönnt. In der aus Kunststoff bestehenden mobilen Toilette war es unerträglich heiß, denn auch diese Anlage befand sich nicht im Schatten. Als ich nach 20 Minuten immer noch nicht wieder am Wasser erschien, machte sich Sabrina Sorgen und sah nach mir. Ich informierte sie, dass der Durchfall einfach nicht enden wollte und schickte sie wieder weg.

Mittlerweile hatte ich meine komplette Bekleidung ausgezogen; die Hitze und der ständige Flüssigkeitsverlust ließen mich fast ohnmächtig werden. Nach mehr als einer Stunde hatte ich es überstanden – mein Darm war leer. Langsam zog ich meine Hose an und traute mich wieder ins Freie. Ich ging zu meinem Angelplatz, packte alles zusammen und verabschiedete mich wortkarg von meinen Angelfreunden. Diese hatten keinerlei Verständnis für meine Situation, hatten wir doch wegen mir den Pokal nicht verteidigt. Sabrina fuhr mich heim, wo ich sofort ins Bett sank und einschlief.

In den folgenden Jahren wurde ich nicht mehr für das Fischen eingeladen.

Am nächsten Tag ließ ich mir die Ereignisse des Angeltages mehrmals durch den Kopf gehen. Ich musste etwas ändern.

* * *

Zu diesem Zeitpunkt trank ich immer noch sehr viel Alkohol, hauptsächlich Bier und Wein. Zwischenzeitlich hatte ich bemerkt, dass mir der Wein große Probleme bereitete. Immer wenn ich ein Gläschen trank, waren die Durchfälle viel heftiger als sonst und rochen bestialisch. Ich beschloss, ab sofort keinen Wein mehr zu trinken. Ein paar Wochen später ließ ich auch das Biertrinken sein und verzichtete somit auf jeglichen Alkohol. Die Besserung kam schnell und spürbar. Die Durchfälle reduzierten sich auf höchstens 10 Stück am Tag, eine Anzahl, mit der ich leben konnte. Als ich diese Besserung wahrnahm, beschloss ich, von einem Tag auf den anderen mit dem Rauchen aufzuhören. Ich stand den Entzug von drei Packungen Zigaretten auf null problemlos durch, allerdings spürte ich durch diese Maßnahme keine weitere Besserung. Irgendwo hatte ich gelesen, dass man bei Colitis Ulcerosa, ebenfalls einer chronischen Darmentzündung, Besserung durch Gabe von Nikotinpflastern erreichen konnte. Bei meinem nächsten Arztbesuch fragte ich, ob es in dieser Hinsicht belastbare Untersuchungen gab. Es gab sie tatsächlich, sie waren allerdings nur bei Colitis-Erkrankten gemacht worden. Für Morbus Crohn standen die Forschungen noch aus.

Das nächste Problem stellte sich ebenfalls in diesem Jahr ein. Meine Blutwerte verschlechterten sich wieder einmal. Schon in den Jahren zuvor hatte ich oft sehr niedrige Eisenwerte, die Bluttransfusionen nötig machten. Damals schleppte ich mich mit Hb-Werten (Hämoglobin, eisenhaltiger Proteinkomplex in den roten Blutkörperchen) von unter 3 g/dl zur Arbeit, ein Wert, bei dem die meisten Männer nicht mehr stehen können (der Normalwert bei

Männern liegt bei 14 – 18 g/dl). Mein Hausarzt wollte mich nicht wieder zur Blutbank schicken und verordnete mir ein Präparat in Kapselform zum Aufbauen des Eisenwertes im Blut. Nach wenigen Tagen verfärbte sich mein Stuhlgang in eine schwarz-grünliche Farbe. Das ist bei oral eingenommenen Eisenpräparaten normal, war aber für die Erkennung von Blut im Stuhl kontraproduktiv. Sollten während der langwierigen Eisentherapie Blutungen in meinem Darm auftreten, das deutlichste Warnsignal für einen weiteren Schub, würde ich sie nicht oder zu spät bemerken. Ich sprach mit meinem Hausarzt darüber, woraufhin dieser die Therapie änderte. Nun bekam ich das Präparat gespritzt, jeden Tag eine Dosis. Diese Maßnahme wirkte, allerdings wirkte sie sehr langsam und ich musste monatelang jeden Tag in die Praxis kommen. Oftmals wurde ich von seiner Sekretärin am Empfang im Wartezimmer „vergessen", so dass ich stundenlang für eine 3-minütige Anwendung warten musste. Diese Dame hatte von Anfang an ein Problem mit mir, da sie mich als Simulanten ansah.

Ein ereignisreiches Jahr ging und das nächste kam. Gesundheitlich änderte sich nichts. Mit meiner Familie hatte ich keine Probleme, da wir keinen Kontakt mehr pflegten. Das ersparte Sabrina und mir sehr viel Ärger.

Kapitel 3

Eine Wahrheit kann erst wirken,
wenn der Empfänger für sie reif ist.
Christian Morgenstern (1871 – 1914)

Im Jahr 1992 ergab sich zufällig eine neue Situation in unserem Leben. Ein neuer Bewohner ergänzte unsere Familie – ein Hund.

Der Kleine war ein Dackel und hörte auf den Namen „Biber".

Biber bereicherte unser Leben, indem er uns ständig auf Trab hielt. Er war zu diesem Zeitpunkt ca. eineinhalb Jahre alt, das genaue Alter war auch den Vorbesitzern nicht bekannt. Sie hatten uns verschwiegen, dass Biber nicht stubenrein war und auf keine Kommandos hörte. Ein äußerst wichtiges Detail, das uns vor große Probleme stellte. Wenn ein Hund solchen Gehorsam nicht in der Frühphase lernt, ist es fast aussichtslos, ihm das alles noch beizubringen. Für eine Hundeschule hatten wir nicht die finanziellen Mittel. So übernahm ich die Erziehung, während Sabrina arbeitete. Biber musste lernen, auf Zuspruch zu gehorchen und sich bemerkbar zu machen, wenn er sich erleichtern musste. Das verweigerte er ständig, pinkelte und kackte uns häufig in die Wohnung, obwohl ich jede Stunde mit ihm um den Block ging. Ganze drei Monate dauerte es, bis ich ihn soweit hatte, dass er sich selbst meldete, wenn er raus musste.

Biber war für mich ein Grund, jeden Tag aus dem Haus zu gehen. Bevor er bei uns einzog lag ich ständig auf der Couch, schaute in den Fernseher oder las ein Buch. Meine einzige Aufmerksamkeit lag auf meinen Schmerzen und deren Reduzierung. Jetzt hatte ich plötzlich eine Beschäftigung. Nach einer Weile wagte ich mich sogar wieder ans Wasser zum Angeln. Das machte mir Hoffnung, dass mein Leben sich vielleicht doch noch einmal bessern würde. Ich kann seitdem auch die Wirkungsweise von Therapiehunden sehr gut nachvollziehen. Tiere geben vielen kranken und alten, einsamen Menschen den Halt, den diese brauchen, um weiterzuleben.

Im selben Jahr bekam ich ein Schreiben von der Rentenversicherung. Meine Rente war im ersten Bescheid auf zwei Jahre befristet gewährt worden. Nun stand die nächste Untersuchung beim Gutachter an, um eine Verlängerung zu bekommen. Ich hatte etwas Angst vor dem Termin und den ganzen erneuten Untersuchungen. Diese Angst erwies sich allerdings als unbegründet. Das Gespräch mit dem Arzt drehte sich lediglich darum, ob in den letzten zwei Jahren eine Besserung meines Gesundheitszustandes eingetreten war. Dass dies nicht so war, konnte ich Anhand meiner ganzen Unterlagen sowie meiner Erzählungen belegen. Nach kurzem Überlegen entließ mich der Arzt aus seiner Praxis.

Der Bescheid wurde mir vier Wochen später zugestellt – die Rente wurde verlängert, dieses Mal unbefristet. Jetzt war mir klar, dass ich wohl nie mehr in meinem Leben einer festen Arbeit würde nachgehen können.

* * *

Mein Zustand hatte sich inzwischen dermaßen stabilisiert, dass ich mit Sabrina im Frühjahr 1993 endlich wieder in Urlaub fahren konnte. Mit Hund, Angelsachen und Büchern im Gepäck machten wir uns auf den Weg zu dem gebuchten Ferienhaus nach Dänemark. Dort angekommen ging es mir nach kurzer Zeit richtig gut. Wir fuhren täglich zum Angeln und erkundeten ganz Dänemark. Eines Abends bat ich Sabrina, mir eine ihrer Zigaretten zu geben. Ich wollte einfach mal probieren, ob es mir schmeckt. Die erste Zigarette war ekelhaft, aber die Sucht hatte mich wieder im

Griff. So begann ich wieder mit dem Rauchen, als Ausrede hatte ich die bestätigte Wirkung von Nikotin bei Colitis Ulcerosa. Dass ich mir damit selbst etwas vorlog, war mir durchaus bewusst.

Der Urlaub war toll, wir hatten viele schöne Erlebnisse und Biber hatte seinen Spaß auf dem großen Gelände, auf dem er frei laufen konnte.

Nach unserem Urlaub bekam ich einen zuerst sonderbar wirkenden Anruf.

Eine Mitarbeiterin meines früheren Arbeitgebers fragte an, ob sie meine Adresse an eine Fernsehredakteurin weitergeben dürfe. Der Fernsehsender RTL wolle eine Sendung (Talkshow) über und mit Frührentnern machen. Ich war neugierig und sagte zu. Für die jüngeren Leserinnen und Leser möchte ich erwähnen, dass es damals zwei Talkshows im Privatfernsehsender RTL gab. Eine davon hieß wie der Moderator, „Hans Meiser". Jene Sendung war zu diesem Zeitpunkt noch seriös, erst später wurde daraus eine weniger schöne Show mit Pöbeln und Gekreische. Um eben diese Show ging es, die damals noch live ausgestrahlt wurde.

Einige Tage später rief mich die Redakteurin an und wir vereinbarten einen Vorgesprächstermin bei uns zu Hause.

Es stellte sich heraus, dass die Frau bei uns in der Nähe gewohnt und studiert hatte, daher stammte auch der Kontakt zu meiner ehemaligen Firma. Am Tag des Gesprächs war ich natürlich aufgeregt und fragte mich, was denn an meiner Story so interessant sein konnte, dass mich das Fernsehen einlud. Die Redakteurin baute ihre Kamera auf, um das Gespräch mitzuschneiden. Etwa drei Stunden unterhielten wir uns über mein Leben und die Krankheit Morbus Crohn mit all den bis dahin bei mir aufgetretenen Nebenwirkungen. Die junge Frau war sehr aufmerksam und stellte die richtigen Fragen. Bei der Verabschiedung vereinbarten wir, dass sich der Sender baldmöglichst für den Termin der Sendung bei mir melden würde.

Das geschah ein paar Tage später, der Termin stand fest. An einem Dienstag im Mai um 16 Uhr sollte die Sendung beginnen, der Titel lautete: »Rente mit 30 – was nun?«

Wir freuten uns darauf, einmal ein Fernsehstudio von innen zu sehen und fuhren morgens los in Richtung Köln. Unseren Hund hatten wir für diesen Tag bei Sabrinas Schwester untergebracht.

In Köln angekommen wurden wir herzlich begrüßt und in einen Raum mit gemütlichen Sitzmöbeln geleitet. Dort konnten wir die anderen Gäste kennenlernen. Diese waren ausnahmslos um einiges älter als ich, zwei davon litten auch an einer Krankheit, die sie in die Rente gezwungen hatte. Ein Vertreter eines Sozialverbandes war ebenfalls anwesend. Wir unterhielten uns gemütlich, der Moderator kam kurz herein und begrüßte alle, dann ging es in die Maske. Alle Teilnehmer und deren Begleitungen wurden geschminkt, eine ganz neue Erfahrung für uns. Der Zeitpunkt der Sendung rückte näher und wir wurden hinter die Bühne gebeten. Dann war es soweit, das Intro begann und wir marschierten auf die Bühne, um auf unseren Stühlen Platz zu nehmen. In diesem Moment fragte ich mich, was ich hier eigentlich tat. 200 Zuschauer im Studio applaudierten und 3 Millionen saßen zuhause vor ihren Fernsehgeräten. Mir wurde flau im Magen und ich befürchtete das Schlimmste, das aber zum Glück nicht eintrat. Eine ganze Stunde lang kein Durchfall. Es wäre eine Katastrophe gewesen, hätte ausgerechnet jetzt mein Darm versucht sich zu entleeren.

Da ich in der Mitte der Stuhlreihe saß, kam ich als dritter Gast an die Reihe. Unser Gespräch begann nach der ersten Werbepause. Beim ersten Satz war ich noch nervös und ängstlich, dann stellte sich eine unheimliche Gelassenheit in mir ein. Ich beantwortete die Fragen von Herrn Meiser und sprach auch über die Schwierigkeiten, die ich mit meinen und Sabrinas Eltern hatte, wobei ich mich sehr zurückhielt. Alles, was ich in Bezug auf meine Schwiegermutter sagte, lautete: »Sabrina hat mir eines Tages erzählt, dass ihre Mutter meinte, wenn Jochen so krank ist, dann trenne dich und suche dir einen gesunden Mann. Was willst du mit einem Kranken?«

Diese Bemerkung sorgte für Raunen im Publikum.

Das Gespräch mit mir dauerte etwa 10 Minuten, dann war mein Teil wohl abgearbeitet. Ich lauschte noch den Geschichten der anderen, diskutierte manchmal mit und schon war die Stunde Sendezeit vorüber. Wir gingen wieder in den Aufenthaltsraum, aßen eine Kleinigkeit und diskutierten über die Sendung. Nach der Verabschiedung von den anderen Gästen und dem Moderator fuhren wir relaxt nach Hause.

Ich war so naiv, zu denken, dass die Sendung für mich keine Folgen hätte.

* * *

In der Wohnung meiner Schwägerin, die wir anfuhren, um unseren Hund abzuholen, war meine Schwiegermutter anwesend. Sofort ging sie mich verbal mit Schimpfwörtern an und warf mir vor, dass ich „für ein paar tausend DM ihren Ruf schädigen" würde. Im ersten Moment wusste ich nicht, von was sie sprach. Geld hatte es für das Interview nicht gegeben, das existierte nur in ihrer Vorstellung. Ihre Wut bezog sich wahrscheinlich auf die paar Worte, die ich über sie erzählt hatte. Da konnte wohl jemand die Wahrheit über sich nicht ertragen.

In den nächsten Tagen bekam ich sogar von Bekannten meiner Schwiegermutter Drohungen. Nach genauerem Nachfragen erfuhr ich, dass diese die Sendung nicht gesehen hatten und sich nur aufhetzen ließen. Ich traute mich einige Tage nur mit Hilfsmitteln gegen einen tätlichen Angriff aus dem Haus. Die Aufregung legte sich aber relativ schnell.

Es gab auch gute Reaktionen auf die Sendung.

Auf dem Anrufbeantworter fand ich eine Nachricht von meiner ersten Pflegemutter vor. Sie bat mich darum, mich doch bitte bei ihr zu melden. Ich tat es nicht, da mir immer noch im Gedächtnis war, dass sie mich von heute auf morgen abgeschoben hatte, weil ich Bettnässer war.

Auch mein Vater hatte sich gemeldet und mich gebeten, zu einer Aussprache zu ihm zu kommen. Das taten wir gemeinsam. Es wurden einige Dinge geklärt und von da an hatten wir wieder regelmäßig Kontakt.

Manche werden sich fragen, warum ich immer wieder meiner Familie nachgegeben habe, trotz meiner schlimmen Kindheit mit all den Misshandlungen. Es war eben meine Familie und ich dachte immer, innerhalb der Familie muss man doch Frieden schaffen können, ansonsten hätte eine Familie doch keinen Wert mehr.

Ich täuschte mich erneut.

Kapitel 4

Angeln ist die einzige Art Philosophie,
von der man satt werden kann.
Peter Bamm (1897 – 1975)

Einige Jahre vergingen ohne besondere Vorkomm-
nisse.

Die Krankheit hatte mich weiterhin fest im Griff, täglich bis
zu 20 Durchfälle, Schmerzen in den Fisteln und ratlose Ärzte
begleiteten mich ins Jahr 1996.

Im Januar buchte ich zusammen mit ein paar Angelfreunden für den März eine Kuttertour auf der Ostsee. Wir
wollten für 3 Tage den großen Dorschen nachjagen. Sabrina sah diesem Plan skeptisch entgegen und machte sich
Sorgen, wie ich die Strapazen überstehen würde. Ich wollte
aber unbedingt mal wieder etwas unternehmen, ein paar
Tage etwas anderes sehen und meinem Hobby nachgehen.

* * *

Anfang Februar hatte ich plötzlich keinen Stuhlgang
mehr. Die ersten Tage sah ich darin noch keine Alarmzei-

chen - im Gegenteil, ich war froh, mal für ein paar Tage fast schmerzlos zu sein. Kein Stuhl drückte sich mehr durch die Fisteln, keine ständigen Durchfälle, die mich oft auf die Toilette zwangen. Als sich nach einer Woche immer noch kein Stuhlgang eingestellt hatte, ging ich zum Arzt. Dieser verschrieb mir ein Abführmittel, das ich auch sofort einnahm.

Es tat sich trotzdem nichts. Essen konnte ich wie bisher auch, es kam nur nichts mehr hinten raus. Mein Bauch war leicht aufgebläht, der Darm tastbar. So erhöhte ich die Dosis des Abführmittels. Das einzige Ergebnis waren heftige Bauchkrämpfe, denn das Mittel wirkte nur im oberen Bereich. Mein Darm war mittlerweile steinhart, im Enddarm saß ein richtiger Pfropfen, der sich einfach nicht lösen wollte.

Nach drei Wochen Verstopfung ging ich wieder zum Arzt, aber dieser hatte erneut keine hilfreiche Lösung für mich. Er murmelte etwas von „Darmverschluss", schickte mich allerdings nicht in ein Krankenhaus. Ich ging wieder nach Hause und nahm weiterhin Abführmittel.

Nach genau 28 Tagen, unter Mithilfe eines Löffels, konnte ich den steinharten Pfropf in meinem Enddarm lösen. In dieser Zeit hatte ich enorm Gewicht abgenommen und bestand fast nur noch aus „Haut und Knochen".

Der sich lösende Stuhl brachte mir ein neues Problem. Die Unmengen von Abführmittel wirkten nun endlich und ließen mich dauernd zur Toilette rennen. Es gab keine halbe Stunde, in der ich keinen Stuhlgang hatte.

* * *

Der Angelausflug stand an. Ich wollte unbedingt mitfahren und ließ mich von Sabrina nicht davon abhalten. Ihr Zureden, ihre Ängste und Sorgen wischte ich beiseite. Doch als der Abend der Abreise kam, war ich froh, dass ich nicht selbst fahren musste. Mir war zu diesem Zeitpunkt schon etwas flau im Magen, was diesmal nicht am Abführmittel lag.

Meine Angelkollegen hatte ich informiert, dass wir öfter würden anhalten müssen, da ich starken Durchfall hätte. Das stellte für die beiden kein Problem dar. Ich lag während der Fahrt quer über dem Rücksitz des PKWs und schlief die meiste Zeit. Nach einem weiteren Toilettengang bemerkte ich, dass sich ständig Stuhlgang durch meinen Schließmuskel drückte, auch wenn ich gerade von der Toilette kam. Ich konnte versuchen, was ich wollte, es lief einfach tröpfchenweise aus mir heraus – und es stank!

Keiner meiner beiden Kollegen sagte etwas. Ich glaube aber, sie waren froh, als wir am Zielort in Eckernförde ankamen und sie das Auto verlassen konnten.

Wir checkten auf dem Kutter in einer 4-Bett-Kajüte mit ein. Ein weiterer, uns bis dahin unbekannter Angelkollege kam zu uns in die Kajüte und belegte das noch freie Doppelstockbett über mir. Ich suchte natürlich als erstes nach der Toilette, diese befand sich zu meinem Glück in unmittelbarer Nähe.

Nach der Begrüßung und den Einweisungen im Aufenthaltsraum legte der Kapitän ab und wir fuhren Richtung Langelandbelt. Ich hielt mich ständig im Freien auf, damit die anderen mich nicht „riechen" konnten. In dieser Zeit bereitete ich meine Ruten vor und freute mich auf das Angeln. An der Südspitze von Langeland stoppte der Kapitän den Kutter und wir warfen das erste Mal auf dieser Tour unsere Ruten aus. Es waren noch keine 5 Minuten vergangen, als sich mein Darm meldete. Den Rest des Angeltags verbrachte ich auf der Toilette. Der Durchfall wurde wieder schlimmer, dabei hatte ich bewusst in den letzten drei Tagen nichts gegessen. Ich fragte mich schon, wo der ganze Stuhlgang herkam. Mittlerweile musste Magen und Darm doch komplett leer sein, waren sie aber nicht. Nach Stunden des Sitzens auf der Toilette war ich dermaßen geschwächt, dass ich mich sofort in meine Koje legte und einschlief. Meine Kollegen hatten mein Fehlen natürlich bemerkt und sahen nach mir. Ich erklärte ihnen nur, dass es mir nicht gut ginge und ich nur noch schlafen wolle. Zu diesem Zeitpunkt konnte ich immer noch nicht offen mit anderen über meine Krankheit und ihre Folgen sprechen.

Mitten in der Nacht erwachte ich als jemand sagte: »Mein Gott, stinkt das hier!«

Wieder hatte sich Stuhl durch meinen Schließmuskel gedrückt und in der kleinen Kajüte stank es erbärmlich. Ich wollte mich nicht dazu äußern, da ich mich sehr schämte. Umgehend schlief ich wieder ein. Das Schiff hatte abends auf der Insel Lolland im Hafen von Falster angelegt. Am nächsten Morgen wurden wir durch das Brummen der Schiffsmotoren geweckt.

Nach dem Frühstück, das ich ausließ, fuhren wir die nächsten Angelplätze an, diesmal im Langelandbelt, unserem eigentlichen Zielort. Dort fing ich meinen ersten und einzigen Dorsch auf dieser Tour. Er wog drei Kilogramm und verlangte mir meine letzten Kräfte ab. Die letzten eineinhalb Tage der Reise verbrachte ich schlafend oder auf der Toilette.

Am dritten Tag legten wir wieder in Eckernförde an. Der Kapitän wollte mit mir sprechen. Er fragte mich, was denn mit mir los war, warum ich während der Tage kaum an Deck gewesen sei. Ich erklärte ihm, dass ich Morbus Crohn hätte und unter welchen Qualen ich die Tage verbracht habe. Der Mann sah mich an und sagte: »Es gibt auch jemanden in meiner Verwandtschaft, der diese Krankheit hat. Ich weiß also, wie schlimm das sein kann. Vielleicht kommst du mal wieder, wenn es dir besser geht. Ich würde mich sehr freuen.«

Zum ersten Mal hatte ein mir fremder Mensch Verständnis für meine Situation. Er wünschte mir gute Besserung und ich dankte ihm. Danach fuhren wir nach Hause.

Sabrina war glücklich, mich zu sehen und hatte alles für meine Heimkehr vorbereitet, wie sie es eigentlich immer tut. Dazu muss ich erwähnen, dass wir fast alles gemeinsam unternehmen und ich äußerst selten alleine ein paar Tage woanders verbringe. Man gewöhnt sich dermaßen aneinander, dass man sich schon nach einem Tag ohne den anderen einsam fühlt.

Kapitel 5

Erst kommt das Wort, dann die
Arznei und dann das Messer.
Christian Albert Theodor Billroth,
Chirurg (1829 – 1894)

Nun war also der Jahreswechsel ins neue Jahrtausend überstanden und die Erde drehte sich immer noch. All die Panikmache, die Angst vor dem totalen Blackout und dem Ende der Zivilisation erwiesen sich als unbegründet. Monatelang hatte die Presse und das Fernsehen gemutmaßt, dass alle Computersysteme mit dem Jahrtausendwechsel zusammenbrechen würden, da sie nicht auf die 2000er Jahre programmiert waren. Viele Spezialisten verdienten sich eine goldene Nase, weil etliche Firmen Angst hatten, dass sie ab dem 1. Januar 2000 nicht mehr in ihre Systeme kommen würden.

Auch für mich ging das Leben weiter wie bisher, mit vielen gesundheitlichen Problemen. Die Fisteln an meinem Hintern förderten weiterhin Unmengen von Stuhl, was mir unglaublich heftige Schmerzen bereitete. Diese versuchte ich mit Fentanyl-Pflastern, die ein stark wirkendes Opioid enthalten und Schmerztabletten zu dämpfen, was aber selten gelang. Immer mehr Tabletten fanden den Weg in meinen Magen, denn diese halfen mir besser als die Pflaster. Die Fistel zwischen Harnröhre und Darm, die ich seit vielen Jahren mit mir herumschleppte, war ebenfalls wieder aktiv, aber die Fließrichtung hatte sich geändert. Zwar gelangte immer noch Luft in die Blase, jedoch kein Stuhl mehr. Dafür lief mir nun Urin aus den Fisteln am After. Den Ärzten habe ich das verschwiegen. Nachdem mein Hausarzt es als „schnell heilend" abgetan hatte, vertraute ich keinem Arzt mehr.

Seit längerer Zeit ernährte ich mich nur noch von Weißbrot und Scheibenkäse. Ab und zu gönnte ich mir auch einmal eine Scheibe mit Schmierkäse. Diese unglaublich „abwechslungsreiche" Nahrung hielt mich wenigstens am Leben. Alles andere konnte ich nicht mehr essen, da ich es umgehend wieder ausbrach. Mein Gewicht hatte sich auf 50 Kilogramm reduziert, hielt sich aber wenigstens in diesem Bereich stabil.

Der nächste Termin zum Röntgen der Magen-Darm-Passage stand an. Ich ging morgens zu meinem Internisten und musste 2 Gläser dieser weißen, nach Magnesium schmeckenden Flüssigkeit trinken. Danach wurde ich im Halbstunden-Rhythmus in die Röntgenkabine gerufen. Nach 2 Stunden befand sich immer noch keine Flüssigkeit in meinem Darm, was sehr ungewöhnlich war. Mein Arzt vermutete, dass daran eine Stenose schuld sei und begann mir den Bauch zu massieren. Dabei bemerkte er die Stelle, an der sich das Kontrastmittel staute.

»Sie haben wahrscheinlich eine Engstelle zwischen Magen und Darm.«

In diesem Moment erbrach ich ohne Vorwarnung das Kontrastmittel. Es war mir unendlich peinlich, dass ich das Untersuchungszimmer verschmutzt hatte und mein Arzt war auch nicht gerade erfreut. Nachdem ich die ganze Sauerei aufgewischt hatte, bat er mich zum Gespräch in sein Büro.

»Wir können so nicht mehr weitermachen. Ich überweise Sie in eine Klinik zu einem mir gut bekannten Professor. Der wird sich um Sie kümmern.«

Ich war damit einverstanden, konnte es doch so nicht weitergehen. Binnen kürzester Zeit hatte mein Arzt mit dem Professor telefoniert und mir die Papiere fertig gemacht. Schon am nächsten Tag bekam ich einen Platz in der kleinen, kirchlich geführten Klinik. Wer den ersten Teil von »Jochen - Bastardkind« gelesen hat, der weiß, welche Einstellung ich zum Bodenpersonal des lieben Gottes habe.

Komischerweise liegen meine Klinikaufenthalte immer in der heißesten Zeit des Jahres. Das war auch dieses Mal nicht anders und hat sich bis heute kaum geändert. Das Doppelzimmer, in dem ich untergebracht wurde, befand sich auf der Südwestseite des Gebäudes, die Temperaturen bewegten sich im Raum um die 40 Grad Celsius. Sabrina besorgte mir einen Standlüfter, den ich dankenswerterweise anschließen durfte. Es wurde mir auch erlaubt, einen kleinen Fernseher aufzustellen, denn ein solches Gerät war in der ganzen Klinik nicht vorhanden.

Nach den ersten Arztgesprächen wurde für den nächsten Tag eine Magen-Darm-Spiegelung angesetzt. Das kannte ich ja schon zur Genüge und nahm es deshalb gelassen hin. Das Abführen bereitete mir keine besonderen Probleme und so dachte ich, dass die Verengung nicht so schlimm sein konnte.

Die Spiegelung war kaum vorbei, als der Professor, übrigens ein sehr lieber und kompetent wirkender alter Herr, zu mir kam, um mich zu informieren.

»Sie haben ein kleines Geschwür am Magenausgang. Wenn wir nicht aufpassen, dann könnten Sie einen gefährlichen Magen-Darm-Verschluss bekommen.«

Das hatte mir gerade noch gefehlt. Auf meine Frage, ob ich nun operiert werden muss, sagte der Professor: »Nein, wir wollen erst probieren, ob wir das Geschwür mit Medikamenten verkleinert bzw. entfernt bekommen.«

Damit konnte ich leben. Es bedeutete allerdings einen längeren Aufenthalt in dieser Klinik, in diesem heißen Zimmer. Das neue Medikament bekam ich über den Zugang in die Vene. Zusätzlich wurde ich über einen ZVK (Zentraler Venenkatheder, der an Hals oder Brustkorb in eine Hohlvene gelegt wird) künstlich ernährt, da ich weiter an Gewicht verloren hatte.

Aus Tagen wurden Wochen. Meine Zimmergenossen in diesem 2-Bett-Zimmer wechselten ständig und immer waren es ältere Menschen, die an Demenz oder Parkinson erkrankt waren. Nach allem, was ich mit diesen Menschen erlebt habe, habe ich großes Mitleid mit jedem, der eine dieser Krankheiten sein Eigen nennt, aber auch mit dessen Angehörigen. Der erste Mann, der zu mir ins Zimmer gelegt wurde, konnte nicht verstehen, warum er in der Klinik sein sollte und packte jede Nacht seinen Koffer, um nach Hause

zu fahren. Seine Kinder hatten ihn hier abgeliefert und kamen die ganze Zeit, in der er hier Patient war, nicht ein einziges Mal zu Besuch.

Der nächste, ein Mann, der sich ohne Rollstuhl kaum
bewegen konnte, wollte immer nachts duschen und stürzte
ständig zu Boden. Ich schlief fast keine Nacht, oftmals half
ich der Nachtschwester, die Patienten zu beruhigen, oder
von einer Dummheit abzuhalten. Dadurch war ich tagsüber
wie gerädert und verschlief so manchen Teil von Sabrinas
Besuchen.

Eine der Nachtschwestern der Station sah in den Patienten anscheinend potentielle Kunden für ihren Nebenjob im
Vertrieb. Ständig saß sie bei mir und versuchte mich zu
überreden, bei ihr einzusteigen. Natürlich wäre das eine
Investition, die sich für mich lohnen sollte. Es ging um Tele-
fonwerbung für ein Internetprodukt, aber der eigentliche
Zweck war, neue Verkäufer anzuwerben. Immer wieder
sagte ich ihr, dass ich kein Interesse hätte, doch sie blieb
hartnäckig. Das ging so weit, dass sie mich auch noch
nach meiner Entlassung ständig kontaktierte, bis sie endlich
begriff, dass ich nicht ihr Opfer in diesem Schneeballsystem
sein wollte.

Ich finde dieses Vorgehen nicht gerade passend für eine Dame, die andauernd von Gott spricht, aber nur auf ihren eigenen Vorteil bedacht war und Patienten für ihre windigen Geschäfte ausnutzte.

Jede Woche wurde eine Magenspiegelung zur Kontrolle gemacht. Nach knapp 2 Monaten hatte der Professor gute Nachrichten. Das Geschwür sei fast nicht mehr sichtbar und ich könne entlassen werden. Die Medikamente bekäme ich nun in Tablettenform, essen könne ich auch wieder. Alles schien gut und ich freute mich riesig.

* * *

Nach vier Wochen zu Hause war es mit der Freude vorbei. Egal, was ich aß, einfach alles kam umgehend wieder retour. Selbst Suppe behielt ich nicht bei mir. Ich rief den Professor an und informierte ihn. Am Tag darauf lag ich erneut in dieser Klinik und das Spiel begann von vorne. Eine Ausnahme gab es allerdings. Auf die intravenöse künstliche Ernährung wurde verzichtet, ich bekam ein Nahrungsergänzungsmittel in Pulverform, das ich nur mit Wasser anrühren musste. Es schmeckte wie Babynahrung und wenn ich es lange genug in mir hielt, dann wirkte es sogar. Endlich hatte ich ein solches Mittel, das mir auch eine Gewichtszunahme brachte. Alle vorherigen Versuche mit Astronautenkost und anderer Flüssignahrung hatten keinen Erfolg gebracht.

Wieder verging Woche um Woche und mein Zustand verschlechterte sich ständig. Es kam der Tag, an dem auch die flüssige Nahrung nicht mehr im Magen blieb. Das Geschwür hatte es sich zwischen Magen und Darm gemütlich eingerichtet und wuchs beständig. Eines Tages eröffnete mir der Professor, dass er keine Erfolgschance mehr sehen würde und mit dem Chefchirurgen der Uniklinik telefoniert hatte. Ich müsse dringend operiert werden. Da ich selbst keine andere Möglichkeit sah, willigte ich ein.

* * *

Tags darauf wurde ich entlassen und meldete mich in der Uniklinik. Dort wurde ich in ein 4-Bett-Zimmer gelegt. Weitere Untersuchungen wurden anberaumt. Nachdem ich alle, teils mit großen Schmerzen, hinter mich gebracht hatte, bekam ich sehr schnell einen Termin für die OP. Die unteren zwei Drittel meines Magens sollten entfernt werden und eine Stenose im terminalen Ileum, dem Übergang von Dünndarm zum Dickdarm, würde gleich mit operiert werden. Wieder einmal stand ich vor einer sehr großen und zeitintensiven Operation.

Der Stationsarzt, ein junger, sehr freundlicher Mann, kam zu mir, setzte sich auf mein Bett und sprach mir Mut zu. Er hatte wohl bemerkt, dass ich doch etwas Angst vor dieser großen Operation hatte.

»Der Oberarzt, der Sie operiert, ist in dieser Art Operation sehr erfahren«, sagte er zu mir. »Wenn Sie das alles hinter sich haben, dann geht es stramm bergauf. Die befallenen Darmteile werden ja auch entfernt und so haben Sie wieder freien Durchgang in Ihrem Verdauungssystem.«

»Wie ist denn das mit dem Magen? Ich habe dann ja nur noch den oberen Teil, kann ich dann alles essen, oder wird aus dem oberen Darm ein neuer Magen geformt?«

Diese Frage wurde bis dahin offengelassen.

»Nein, es wird kein neuer Magen geformt, der Darm übernimmt dann die Funktion. Die Operation wird nach „Billroth II“ durchgeführt, das heißt, der restliche, obere Magenteil wird mit Ihrem Dünndarm vernäht. Ich verspreche Ihnen, dass Sie dann wieder alles ohne Probleme essen können. Freuen Sie sich schon mal auf ihr nächstes Steak, Sie werden es lieben.«

Ich dachte, okay, essen kann ich ja jetzt auch alles, es kommt nur sofort wieder heraus. Bei solchen Versprechen nach Heilung klingelt bei mir sofort eine Alarmglocke, da die Prognosen bisher nie eintrafen. Ich unterhielt mich noch eine Weile mit dem Arzt, der mir anbot, jederzeit für mich da zu sein. Das beruhigte mich etwas.

Der Tag der Operation kam, die Vorbereitungen liefen wie immer und schnell wurde ich in Narkose versetzt.

Das Erwachen war ein einziger Schmerz. Ich konnte mich zuerst noch nicht bemerkbar machen und schlief immer wieder ein. Nur langsam wurde ich klarer, meiner Bitte nach Schmerzmittel wurde sofort nachgekommen. Nach zwei weiteren Tagen konnte ich auf die Normalstation verlegt werden. Mehrere Ärzte kamen zu mir, dabei auch der Oberarzt, der mich operiert hatte.

»Wir hatten Sie 9 Stunden lang unterm Messer«, begann er seinen Bericht.

»Die unteren Zweidrittel des Magens mussten wir zusammen mit dem Zwölffingerdarm wie geplant entfernen, das Geschwür war zu groß und hat alles verstopft. Es wurde in die Pathologie eingeschickt und ich drücke Ihnen die Daumen, dass es gutartig ist. Das Ergebnis liegt uns in zwei Tagen vor, machen Sie sich mal keine Sorgen. Auch die Stenose haben wir entfernt. Ansonsten sieht Ihr Darm einigermaßen gut aus.«

Toll, hätte er mir die Sache mit dem Geschwür besser erst gesagt, wenn das Ergebnis vorlag. An die Möglichkeit einer Krebserkrankung hatte ich bisher keinen Gedanken verschwendet. Für mich war es lediglich ein Geschwür, das den Darmeingang blockierte. Allerdings birgt jedes Geschwür das Risiko, bösartig zu sein und Krebs auszulösen. Nun spielten meine Gedanken wieder Karussell. Was wenn es Krebs war? Wie lange Zeit hätte ich dann noch? Jahre? Monate? Oder nur noch Wochen?

Ich war nun seit 10 Jahren in Rente, länger als mancher gesunde Mensch durchhielt. Sollte es das gewesen sein?

»Wir haben Ihnen auch gleich die Gallenblase entfernt und den Gallengang anders verlegt. Sie werden in der ersten Zeit sehr viel Galle produzieren, da die Gallenblase, die als Speicher für die Gallenflüssigkeit dient, nun nicht mehr vorhanden ist. Das Ganze wird sich aber nach kurzer Zeit einpendeln. Ich möchte Sie auch davor warnen, weiterhin die Schmerztabletten einzunehmen. Diese sind wahrscheinlich die Ursache für das Geschwür.«

Nachdem mir der Arzt diese Informationen gegeben hatte, entfernte er meinen Verband. Ich bekam freien Blick auf den großen Bauchschnitt, der wie der von meiner ersten Darmoperation vom Brustbein ganz nach unten führte.

Die Wunde war genäht und sah gut aus. Unten rechts kamen drei Schläuche aus meinem Bauch heraus, die in verschiedenen, durchsichtigen Beuteln endeten.

»Das sind Drainagen, durch die können wir sehen, ob sie noch Blutungen haben«, sagte einer der Ärzte, der meinen Blick bemerkt hatte, zu mir. »Wir ziehen die Schläuche nach und nach, wenn keine Flüssigkeit mehr kommt. Erst dann können wir sicher sein, dass alles okay ist.«

Ich gab mich mit diesen Erklärungen zufrieden, dachte aber mit Schrecken daran, dass ich die einzigen Schmerzmittel, die mir kurzzeitig Linderung verschafften, nicht mehr einnehmen durfte. Warum meine Gallenblase entfernt worden war, dafür bekam ich keine Erklärung.

Nachmittags kam Sabrina und freute sich mit mir, dass jetzt alles besser werden sollte. Sie fuhr jeden Tag die 70 Kilometer zu mir und abends wieder nach Hause. Auch für sie keine leichte Zeit. Unseren Hund hatte sie in dieser Zeit bei Bekannten oder Verwandten untergebracht.

* * *

Am nächsten Tag kamen zwei Krankenschwestern zum Verbandswechsel. Die eine davon war noch in der Ausbildung und sah sich genau an, was ihre Kollegin machte. Plötzlich entfuhr mir ein Schmerzensschrei. Die Schwester, die den Verband gewechselt hatte, zog an einer der Drainagen.

»Was tun Sie denn da?«, fragte ich laut.

»Tut das weh?« Während dieser Frage drehte sie an einem der Schläuche.

»Natürlich tut das weh, sonst hätte ich ja nicht geschrien. Warum ziehen Sie da, die Drainagen sollen doch noch drinbleiben? Die sind doch noch angenäht.«

Die Schwester blickte mich lächelnd an und drehte erneut an einem der Schläuche. Wieder entfuhr mir ein Schmerzensschrei. Meine Zimmerkollegen beobachteten die Szene, ohne sich zu äußern. Die Schwesternschülerin sah mich ängstlich an. Es war ihr anzumerken, dass sie sich nicht wohl fühlte.

»Tut das auch weh?«

Meine Geduld war am Ende.

»Hör sofort auf damit, sonst wickle ich dir den Schlauch um den Hals!«

Wieder lächelte sie, ließ aber von mir ab und ging mit ihrer Kollegin zur Tür.

»Ich hoffe, du hast mich verstanden!«, rief ich ihr hinterher.

Als die beiden das Zimmer verlassen hatten klärte mich einer meiner Zimmerkollegen auf, was es mit dieser Prozedur auf sich hatte.

»Jetzt kennst du sie auch. Dieser Schwester macht es anscheinend wirklich Spaß, Patienten zu quälen und zu misshandeln. Soweit ich gehört habe, hat sie mit einer anderen Schwester der Station einen Wettbewerb laufen, wer Patienten am schlechtesten behandelt. Die Siegerin darf sich dann Schwester „Rabiata" nennen.«

Das verschlug mir nun doch die Sprache. Konnte es wirklich sein, dass an einer renommierten Uniklinik solch eine Schweinerei lief und niemand etwas dagegen unternahm? Es musste doch zumindest bei den Schwestern der Station bekannt sein, wenn es sich wirklich um einen Wettbewerb handelte. Sollte ich etwas unternehmen, nur auf das Gerücht hin? Es würde mir wahrscheinlich niemand glauben, also unternahm ich nichts, auch weil die Schwester vorerst nicht mehr bei mir auftauchte.

Die Tage vergingen mit ersten Gehversuchen und Anwendungen wie Atemübungen, um keine Lungenentzündung zu bekommen. Das Ergebnis der Pathologie lag inzwischen vor. Das Geschwür erwies sich als gutartig. Ich fragte einen Arzt, wann ich etwas essen dürfe, da ich mittlerweile

Heißhunger entwickelte. Immer noch bekam ich die Nähr-lösung über den ZVK und das ganze Gestell, sowie die Beu-tel der Drainagen hinderten mich daran, die Station zu ver-lassen. Ich hatte einfach den Drang, wieder frei zu sein. Der Arzt erklärte mir, sowie der erste Stuhlgang käme, dürfte ich auch etwas essen. Der Darm produziere selbst dann Stuhl, wenn man nichts isst. So verbrachte ich die Zeit damit, auf Stuhlgang zu warten. Wovor ich bisher immer Angst hatte, war nun das Ziel. Am dritten Tag nach dem Gespräch war es soweit. Ein kleines Häufchen befand sich in der Toiletten-schüssel. Ich rief aufgeregt nach einer Schwester, denn es war Bedingung, den Stuhlgang nachzuweisen. Die Schwes-ter kam und sah sich mein Häufchen an.

»Alles okay, ich sage Bescheid, dass sie etwas zu essen bekommen.«

Es war ein sehr glücklicher Moment für mich, ging es doch nun immer schneller bergauf. Womit ich nicht rech-nete, war die die Art und Weise, wie mein Darm reagieren würde.

Das Mittagessen, der übliche Krankenhausfraß, schmeckte vorzüglich. Mit einem riesigen Appetit ver-schlang ich das Stück nach Papier schmeckenden Braten. Tatsächlich konnte ich wieder alles essen.

Eine Stunde später hing ich mit dem Kopf über der Toilettenschüssel und erbrach mich, von Krämpfen geplagt, mindestens 10 Minuten lang.

Die ganzen Versprechungen waren wieder einmal das, was sie verhießen – Versprechungen.

* * *

Ich konnte weiterhin nur sehr kleine Portionen essen, festes Fleisch erbrach ich umgehend. Der Rest kam als aggressiver Durchfall durch die Fisteln. Auf Nachfrage bei den Ärzten wurde mir erst jetzt die Wahrheit gesagt. Durch das Fehlen der unteren zwei Drittel des Magens fehlten dem oberen Restmagen die Enzyme, um gewisse Speisen zu verdauen. Ich würde meine Ernährung komplett anpassen müssen.

Zwei der Drainagen waren bereits entfernt, doch immer noch bekam ich flüssige Nahrung zugeführt. Die ganzen Zugänge waren an einen Verteiler angeschlossen, um in den einen Schlauch geleitet zu werden, der zum ZVK führte. Auch die Nadel im Arm lag noch, darüber wurde mir ständig Kochsalzlösung verabreicht.

Eines Nachts befand sich eine Schwester im Zimmer und überprüfte die Anschlüsse an meinem Verteiler. Das bemerkte ich im Halbschlaf. Kurz nachdem sie das Zimmer verlassen hatte, erwachte ich mit einem seltsamen Gefühl. Schwäche machte sich in mir breit und ich schaltete das Licht über meinem Bett ein. Zufällig blickte ich auf den Boden und sah eine große Blutlache. Der Schlauch, der eigentlich an dem Verteiler hängen sollte, lag auf dem Boden und Blut lief heraus – mein Blut. Ich betätigte sofort den Notschalter und eine Schwester kam in das Zimmer. Nachdem ich ihr gezeigt hatte, was passiert war, meinte sie: »Wie kann denn das sein? Der Schlauch kann sich doch nicht einfach von alleine lösen. Das ist mir ein Rätsel. Haben Sie daran rumgefummelt?«

Nein, hatte ich nicht.

Sie rief nach ihrer Kollegin, die sich allerdings nicht blicken ließ. Der Name kam mir bekannt vor – später wurde mir bewusst, dass es sich um die Schwester handelte, die nach Aussagen meiner Zimmergenossen gerne Patienten quält.

Die anwesende Schwester nahm den Schlauch vom Boden auf und schraubte ihn wieder an den Verteiler. Das tat sie, ohne einen neuen sterilen Schlauch zu benutzen oder wenigstens den Anschluss zu sterilisieren. Erst später wurde mir klar, dass sie das so auf keinen Fall hätte machen dürfen.

Am nächsten Morgen erzählte ich dem Stationsarzt davon. Er sah in meine Akte und sagte mir, dass davon nichts dokumentiert sei, was mich nicht gerade verwunderte. Ich hielt meinen Mund und hoffte nur noch, so schnell wie möglich das Krankenhaus zu verlassen. Natürlich machte sich in mir der Gedanke breit, dass Schwester „Rabiata" an dem Anschluss manipuliert hatte. Es war allerdings nur Spekulation und ich beließ es dabei.

Kurz bevor ich entlassen wurde bekam ich Besuch. Mein Vater, meine Stiefmutter und Hannes kamen tatsächlich um zu schauen, wie es mir geht. Bisher hatten sie mich bei meinen zahlreichen Klinikaufenthalten noch nie besucht. Immer wieder hatten sie gesagt, sie würden mich nach meinem Krankenhausaufenthalt zu Hause besuchen, das wäre ihnen lieber. Das taten sie aber nie, da es mir dann ja wieder gut gehen würde. Ich war etwas misstrauisch über den Besuch, freute mich aber trotzdem. Als ich nach kurzer Zeit zur Toilette musste verabschiedeten sie sich schnell.

Am Tag vor meiner Entlassung stand noch ein Termin zur Ultraschalluntersuchung an. In meinem Bauchraum sollte nachgesehen werden, ob alles in Ordnung war. Nach einer langen Wartezeit kam ein junger Assistenzarzt und bat mich auf eine Liege. Während er mit dem Gerät über meinen

Bauch strich und mich etliche Male von einer Seite auf die andere drehte, murmelte er stets vor sich hin. Nach der Untersuchung bat er mich in sein Büro. Er hatte schlechte Nachrichten für mich.

»In ihrem Bauch befindet sich Flüssigkeit. Es dürften etwa 200 Milliliter sein, ungefähr ein Trinkglas voll.«

»Heißt das, ich kann morgen nicht entlassen werden?«

Der Arzt sagte mir, dass er es in seinen Bericht schreiben werde und der Stationsarzt entscheiden müsse, ob man punktiert oder erneut operiert. Ich war geschockt, aber vor allen Dingen war ich seelisch am Tiefpunkt. Hatte ich mich doch so sehr auf meine Entlassung gefreut. Als ich in meinem Zimmer zurück war, legte ich mich auf mein Bett und starrte an die Decke. Ich wartete, aber kein Arzt kam.

Die nächste Nacht war die Hölle für mich. Ich hatte Angst vor den weiteren Maßnahmen, egal ob Punktierung oder Operation. Natürlich achtete ich immer darauf, welche Nachtschwester bei mir zu tun hatte. Völlig gerädert war ich am Morgen immer noch wach. Das Frühstück kam, danach erschien eine Schwester im Zimmer. Sie brachte mir den Arztbrief für meinen Hausarzt.

»Sie können sich dann abholen lassen, ich wünsche Ihnen alles Gute.«

Ich war überrascht. Kein Wort von der Untersuchung des Vortages, kein Arzt kam und hielt mich zurück. Mir war das natürlich recht und ich verschwand aus der Klinik, so schnell ich konnte.

* * *

In meiner gewohnten Umgebung fühlte ich mich sofort wohl. Anfangs verspürte ich sogar eine leichte Besserung, diese war allerdings nur kurzzeitig. Nach ungefähr zwei Wochen machte sich an meiner großen Bauchnarbe eine Veränderung bemerkbar. Ein kleiner Knubbel drückte von innen auf die Narbe. Ich machte mir keine großen Gedanken deswegen, hatte ich doch schon wieder genug mit meinen Schmerzen zu kämpfen. Die Dosis in den Fentanyl-Pflastern wurde erhöht, was mir aber wenig Linderung brachte. Die Schmerztabletten nahm ich natürlich nicht mehr, um nicht meinen letzten Rest Magen zu riskieren.

Die Tage vergingen und der Knubbel wuchs auf die Größe von etwa 5 Zentimetern Durchmesser an. Ich dachte mir schon, dass sich wahrscheinlich im Bauchraum ein Abszess gebildet hatte und dann erinnerte ich mich an die 200 ml Flüssigkeit, die bei der Ultraschalluntersuchung festgestellt worden waren. Meine Gedanken rotierten ein weiteres Mal. Sollte ich zum Arzt gehen? Das würde für mich den nächsten Klinikaufenthalt bedeuten, was ich zu diesem Zeitpunkt überhaupt nicht wollte. Wer will das schon? Ich verschwieg die Sache, allerdings war das nicht die beste Lösung.

In diesen Tagen wollten wir für Sabrina ein kleines Auto für die Fahrt zur Arbeit kaufen. Wir fuhren verschieden Autohäuser an und wurden schließlich auch fündig. Bei diesen Fahrten drückte mir der Sicherheitsgurt immer auf den Bauch, was sehr schmerzhaft war. Der Abszess nahm weiter an Größe zu und ich konnte auch nicht mehr schmerzfrei schlafen.

Der Termin, an dem wir Sabrinas Auto abholen sollten rückte näher. In der Nacht zuvor hatte ich überhaupt nicht geschlafen, die Schmerzen am Bauch waren immens. Nach dem Aufstehen schaute ich mir im Badezimmer meinen Bauch an. Unter der Narbe hatte sich ein weißer Streifen gebildet, ein Anzeichen dafür, dass die Haut sehr dünn war und der Abszess kurz vorm Aufgehen stand. Ich dachte, dass ich in diesem Zustand Sabrina keinesfalls zum Autohaus fahren konnte. Was sollte ich tun?

Heimlich schlich ich mich aus dem Haus in die Garage, in der sich mein Werkzeug befand. Aus dem Werkzeugkoffer nahm ich ein Teppichmesser und hielt die Klinge über offenes Feuer. Dann ging ich zurück ins Bad. Ich verschloss die Tür, stellte mich ans Waschbecken – und schnitt mir den Bauch auf.

Sofort spritzte eine Mischung aus Blut und Eiter mit großem Druck aus meinem Bauch heraus. Es war eine stinkende Sauerei, aber der Druck und der Schmerz in meinem Bauch verringerten sich sofort. Die restliche Flüssigkeit drückte ich, über das Waschbecken gebeugt, aus meinem Bauchraum heraus. Dann besah ich mir den Schnitt. Er hatte eine Länge von etwa 5 cm, verlief genau entlang der Operationsnarbe und klaffte auf. Im Innern sah ich eine dünne Speckschwarte von etwa 3 Zentimetern Dicke und darunter das Bauchfell. Ich dachte nur, dass dieser Blick sehr interessant war und dass ich mich beeilen musste, wir wollten ja Sabrinas Auto abholen. Schnell packte ich mir Verbandsmull auf die Wunde, klebte alles fest und verließ das Badezimmer.

Schmerzen hatte ich während des Schnitts keine verspürt, ich rate aber niemandem, es mir nachzumachen. Schon länger wusste ich, was passiert, wenn man einen Abszess aufschneidet, da ich das schon oft an meinem Hintern gemacht hatte. Diesmal war es zwar etwas heftiger, aber ich hatte wieder einen Krankenhausaufenthalt vermieden und - ich hatte verdammtes Glück. Nichts entzündete sich, die Narbe wuchs anständig und ohne weitere Probleme zu, wahrscheinlich, weil ich sorgfältig die mir möglichen Hygienerichtlinien einhielt. Man möge mich nun für komplett verrückt halten, aber für mich war dies die einzige Lösung, nicht schon wieder ins Krankenhaus zu müssen und einer erneuten Operation zu entgehen.

Kapitel 6

Krebs ist ein Arschloch

Kurz vor Weihnachten des Jahres 2002 stellte sich bei Sabrina ein vermeintlich kleines Problem ein. An ihrer Zunge gab es eine winzige Stelle, die wie von einem scharfen Zahn aufgerieben war. Jeder von uns hat das sicher schon erlebt. Man beißt sich zufällig auf die Zunge oder die Lippen und hat für ein paar Tage eine kleine, meist weiße Wunde, die bald abheilt.

Bei Sabrina verheilte die Wunde allerdings nicht. Sabrina hatte zufällig einen Termin bei ihrem Zahnarzt. Auf dem Behandlungsstuhl sitzend schilderte sie ihm ihr Problem. Der Zahnarzt sah sich ihre Zunge an. Nach dem ersten Blick legte er seine Instrumente zur Seite und sagte zu meiner Frau:

»Ich würde Ihnen raten, sofort einen Termin in der Kieferklinik zu machen. Rufen Sie bitte noch heute dort an und sagen Sie denen, dass Sie dringend den Termin brauchen. Sagen Sie ihnen, was für ein Problem Sie haben und dass ich Sie geschickt habe.«

Sabrina bekam Angst und fragte ihn, was er denn vermute.

»Ich möchte Ihnen keine Angst machen, aber das sollte so schnell wie möglich abgeklärt werden. Wir gehen da lieber auf Nummer Sicher.«

Mit einem flauen Gefühl im Magen kam Sabrina nach Hause. Ich versuchte sie zu beruhigen, was mir aber nur teilweise gelang. Nach einem sofortigen Anruf in der Kieferklinik bekam sie sehr schnell einen Termin zugesagt, von der Zunge sollte eine Probe genommen werden. In der Klinik war das Wartezimmer rappelvoll, vielen Menschen sah man ihre Probleme an.

Einem Mann fehlte ein großer Teil des Unterkiefers, eine Frau hatte ein richtiges Loch in der Wange, durch das man ihre Zähne sah.

Unsere Angst wurde immer größer, würde Sabrina auch eine solche oder ähnliche Entstellung blühen? Nach einer Stunde wurden wir in den Behandlungsraum gebeten und nach einem kurzen Gespräch wurde ich wieder hinausgeschickt. Sabrina wurde unter örtlicher Betäubung die Probe von der Zunge genommen. Nachdem keine Blutung mehr festzustellen war, schickte man uns nach Hause. Die Ärztin versprach, sie würde sich bei Sabrina melden, wenn das Ergebnis feststand.

Wie gesagt, es war kurz vor Weihnachten und das Labor war zwischen den Tagen nicht besetzt.

An Heiligabend waren wir bei meinen Eltern zum Essen eingeladen. Hannes war mit seiner neuen Freundin und deren Sohn auch anwesend. Nach dem Essen erzählten wir von Sabrinas Problem. Die Antwort meines Vaters darauf ließ mich ein weiteres Mal erkennen, wie seine Einstellung gegenüber Frauen und kranken Menschen war.

»Mein Gott, wegen einem kleinen Pickel an der Zunge muss man doch nicht gleich zum Arzt rennen. Da gibt es Schlimmeres.«

Damit war das Thema durch, weitere Diskussionen erübrigten sich.

* * *

Wir verbrachten die folgenden Tage in Ungewissheit.

In der ersten Januarwoche klingelte endlich das Telefon. Sabrina sollte möglichst schnell in die Klinik kommen, die Ergebnisse dürften am Telefon nicht durchgegeben werden.

Weil es mir in diesen Tagen sehr schlecht ging, fuhr Sabrina alleine zur Klinik. Das Warten war für mich nervenzehrend. Noch heute mache ich mir Vorwürfe, dass ich nicht mit ihr gefahren bin. Nach Stunden des Wartens kam Sabrina zurück. Ich sah ihr sofort an, dass das Ergebnis schlimm gewesen sein musste.

»Ich habe Zungenkrebs.«

Ein kurzer Satz, der ein ganzes Leben in Frage stellt.

* * *

Nachdem wir diese Nachricht einigermaßen verdaut hatten, erwachte der Kampfeswille in uns. Ich versprach ihr, immer für sie da zu sein und alles zu tun, damit sie diese Situation übersteht. Natürlich wussten wir nicht genau, was Sabrina erwartete; musste sie doch schon am nächsten Tag zur stationären Aufnahme in die Kieferklinik. Schnell wurden die nötigsten Sachen gepackt. Früh am nächsten Morgen standen wir in der Klinik - vor einer ungewissen Zukunft.

In einem ersten Gespräch wurden wir informiert, was genau gemacht werden musste. Der Arzt begann die einzelnen Schritte aufzuzählen.

»Wir werden Sie gleich morgen früh operieren. Ein Spezialist von der Uniklinik wird auch anwesend sein, warum erkläre ich Ihnen gleich. Als erstes werden wir das befallene Stück Zunge großräumig entfernen.«

Sabrina stellte sofort eine Zwischenfrage.

»Heißt das, dass ich dann nicht mehr sprechen kann?«

Der Arzt versuchte nicht, etwas zu beschönigen oder zu verharmlosen.

»Das ist möglich. Sie werden auf jeden Fall in Ihrer Sprechfähigkeit sehr eingeschränkt sein.«

Wir blickten uns an, Tränen liefen uns übers Gesicht.

»Wenn das erledigt ist, werden wir Ihnen 3 Loops zur Bestrahlung legen. Dazu ist der Spezialist da. Dieser Professor ist momentan der einzige, der eine solche Operation durchführt. Die Loops werden von ihm an Ihrem Hals eingeführt und in die Restzunge gelegt. Da die Gefahr besteht, dass Ihre Lymphe vom Krebs befallen sind, entfernen wir sie gleich mit. Dazu machen wir am Hals einen Schnitt von einer Seite zur anderen. Bei der Entfernung der Lymphknoten könnten Nerven oder Sehnen verletzt werden, die für die Bewegungsfähigkeit Ihrer Arme sehr wichtig sind. Ich kläre Sie deswegen darüber auf, weil bei dieser Operation alle Gefäße, Sehnen und Nerven auf engstem Raum liegen. Es ist für uns Chirurgen äußerst schwierig, alles ohne Verletzung dieser Teile hinzubekommen. Wir haben aber Spezialisten, die routiniert sind und jeden Tag solche Operationen durchführen.«

Wir standen wohl beide unter Schock, denn es fielen uns keine weiteren Fragen ein. Kaum alleine umarmten wir uns schweigend für eine lange Zeit.

Als ich an diesem Abend alleine nach Hause fuhr, lief Grönemeyers „Mensch" im Radio. Als ich den Text hörte, musste ich auf der Strecke anhalten um ausgiebig zu weinen. An diesem Abend fragte ich mich zum ersten Mal, warum diese ganze Scheiße ausgerechnet uns treffen musste. Sabrina war und ist eine herzensgute Frau, immer hilfsbereit und lieb. Warum hat es ausgerechnet sie getroffen? Das hatte sie nicht verdient.

Krebs ist ein Arschloch.

* * *

Am nächsten Morgen wurde Sabrina operiert. Es war eine sehr langwierige Operation und ich rief jede halbe Stunde in der Klinik an. Die Schwester hatte Verständnis dafür und versuchte immer, mich zu beruhigen.

Als ich die Nachricht bekam, dass Sabrina wieder auf der Station sei, fuhr ich sofort in die Klinik. Meine Frau schlief noch, aber ich erkannte sie kaum. Ihr Gesicht war stark geschwollen, überall befand sich getrocknetes Blut. Drei dicke Schläuche in verschiedenen Farben mündeten an der Seite unter einem dicken Verband in ihren Hals. Auf dem

Nachttisch stand ein durchsichtiger Becher, in dem sich 3 Zähne an einem kleinen abgebrochenen Stück Kieferknochen befanden. Ich war geschockt. Es war nie die Rede davon gewesen, dass Zähne oder Kieferknochen entfernt werden mussten.

Ich ging aus dem Zimmer hinaus und suchte das Büro des leitenden Professors auf. Dieser war zufällig anwesend und empfing mich sofort. Ich fragte ihn, wie es um Sabrina steht.

»Ihre Frau hat gute Chancen, die Sache zu überleben. Sie hatte riesiges Glück, dass sie einen guten Zahnarzt hat. Der war ja früher ein Kollege von uns hier in der Klinik und hat den Krebs sofort erkannt. Wären Sie einen Monat später gekommen, dann hätte Ihre Frau kaum eine Chance.«

Ich war im ersten Moment etwas erleichtert, aber schockiert von der Schnelligkeit, mit der Zungenkrebs wächst und zur tödlichen Krankheit wird.

»Wir haben alles gemacht, was wir besprochen hatten. Ein Teil der Zunge wurde entfernt, dann hat mein Kollege die Loops gesetzt. Dazu mussten wir leider ein paar Zähne sowie ein Stückchen Knochen entnehmen. Das ließ sich nicht vermeiden, da wir sonst diese dicken Schläuche nicht in die Zunge gebracht hätten. Die neuen Zähne bezahlt ja die Krankenversicherung. Überhaupt ist diese Bestrahlung von innen eine sehr neue und präzise Methode, die gute Erfolge verspricht. Wir müssen jetzt etwa eine Woche warten, bis die Wunden ein bisschen verheilt sind, dann kommt ihre Frau für einen ganzen Tag in die Uniklinik zum Bestrahlen. Das wird über die Loops direkt in der Zunge gemacht und ist damit viel schonender als die herkömmlichen Methoden. Die Bestrahlung läuft über 24 Stunden, rund um die Uhr, in festgelegten Intervallen. In dieser Zeit ist ihre Frau im Zimmer isoliert, niemand darf zu ihr. Nach der Bestrahlung wird sie wieder zu uns verlegt. Danach entfernen wir in einer weiteren Operation die Loops aus ihrer Zunge. Dann bleibt uns nur noch, die Daumen zu drücken, aber ich bin guter Dinge.«

Sie kennen inzwischen meine Einstellung zu ärztlichen Prognosen und so sah ich alles sehr skeptisch.

In der Woche nach der ersten Operation durfte Sabrina natürlich nichts essen oder trinken. Ihr war eine Magensonde durch die Nase gelegt worden, über die sie ernährt werden sollte. Ich fand das etwas sonderbar, überhaupt als die Schwester kam und eine Schüssel Grießbrei brachte. Sie legte eine große Spritze dazu und sagte mir, ich solle den Brei in die Spritze machen und dann durch die Sonde in den Magen drücken. Das erwies sich als unmöglich. Der Brei war zu dick und ließ sich nicht durch den dünnen Schlauch pressen. Ich fragte nach, ob es denn keine andere Möglichkeit gäbe, meiner Frau Nahrung zukommen zu lassen, zum Beispiel über einen ZVK. Die Schwester informierte mich, dass solch eine künstliche Ernährung in dieser Klinik nicht möglich ist. Was sollte ich tun? Sabrina hatte in diesen Tagen einige Kilos verloren und wurde immer dünner.

Dann hatte ich die Lösung – meine Flüssignahrung. Ich fuhr sofort nach Hause und holte die hochkalorische Nahrungsergänzung, genau das, was Sabrina brauchte. Die Flüssigkeit ließ sich leicht durch die Magensonde drücken, so hatte Sabrina keinen Hunger mehr und konnte ihr, wenn auch sehr niedriges, Gewicht halten.

Die Woche verging schleppend, dann wurde meine Frau entlassen und musste sich am nächsten Tag in der Uniklinik melden. Als ich sie abholte baumelten ihr die Loops am Hals herum, die Magensonde pendelte unter ihrer Nase und der Schnitt quer über den Hals war gerötet. Sie gab ein äußerst bemitleidenswertes Bild ab und mir kamen die Tränen. Ich bin immer noch sehr stolz auf Sabrina, dass sie das alles so gelassen überstand. Wie es in ihr aussah konnte ich nur erahnen. Interessanterweise gab mein Crohn in dieser Zeit komplett Ruhe. Ich hatte keinerlei Probleme damit, wahrscheinlich befand ich mich hochkonzentriert in einem Tunnel.

Wir fuhren in die Uniklinik und wurden in ein Büro zur Besprechung gebeten. Ein junger Arzt setzte sich uns gegenüber, las die Papiere und blickte uns dann fragend an. Mit seinem ersten Satz versetzte er uns in Schockstarre.

»Wir können diese Bestrahlung doch überhaupt nicht durchführen, wenn der Krebs schon so stark gestreut hat!«

Erstarrt saßen wir vor ihm und blickten uns an. Sabrina schossen die Tränen in die Augen.

Ich fragte den Arzt, was diese Aussage denn soll.

»Wieso sagen Sie so etwas? Uns wurde versichert, dass der Krebs nicht gestreut hat, sonst wären die Loops nicht gelegt worden!«

Der Arzt blickte mich an und sah wohl, wie aufgebracht ich war.

»Moment bitte.«

Mit diesen Worten raffte er die Papiere zusammen und ließ uns alleine. Es dauerte einige Minuten, bis er wieder zurückkam. In dieser Zeit beruhigte ich meine Frau, war aber selbst sehr durcheinander. Der Arzt setzte sich wieder zu uns.

»Wir haben uns das nochmal angeschaut. Sie haben recht, der Krebs hat noch nicht gestreut. Da habe ich etwas verwechselt.«

Erleichterung mischte sich mit Zorn auf diesen unfähigen Mann, der nicht in der Lage war, eine Diagnose richtig zu lesen bzw. zu deuten. Diesen Schock und diese Angst hätte er uns ersparen können, wenn er nur kompetent gewesen wäre.

Er verabschiedete sich nun relativ schnell von uns, wohl wissend, was er angerichtet hatte. Ein Pfleger kam und begleitete uns in den Röntgenraum. Es handelte sich um ein kleines Zimmer, das wie ein Krankenzimmer eingerichtet war, nur ohne Fenster, mit einer Strahlenschutztür und einem riesigen Apparat in der Mitte. Ein weiterer Arzt erklärte uns das kommende Prozedere und wiederholte damit nur die Worte des Professors aus der Kieferklinik. Ich musste das Zimmer verlassen. Die Bestrahlung begann.

Als ich zu Hause angekommen war, rief ich sofort Sabrina an, die wenigstens ein Telefon in ihrem Zimmer hatte. Lange unterhielten wir uns und sie schilderte mir, wie das Gerät arbeitete. Der Kasten brummte immer für etwa 10

Minuten, wenn er bestrahlte, dann waren wieder 10 Minuten Ruhe. Sie hoffte, dass sie nachts wenigstens ein bisschen schlafen konnte. Nachdem wir uns verabschiedet hatten versuchte ich auch zu schlafen, was mir nicht gelang. Ich war in Gedanken bei meiner Frau in ihrer „Zelle".

Am nächsten Tag fuhr Sabrina mit dem Taxi zurück in die Kieferklinik. Sie hatte die Bestrahlung gut überstanden und keinerlei Probleme. In der Klinik musste sie ein paar Tage auf den Termin zur Entfernung der Loops warten. In dieser Zeit trafen die Ergebnisse der entnommenen Lymphknoten ein. Ein Knoten hatte eine kleine Metastase gebildet. Es war wirklich Rettung in letzter Not.

Während der erneuten Operation, bei der die Loops entfernt wurden, war ich in der Klinik anwesend und wartete darauf, dass Sabrina aus dem Operationssaal kam. Eine Stunde war für die Operation angesetzt, sie dauerte aber fast 3 Stunden, was das Warten zur Qual machte. In dieser Zeit rauchte ich eine ganze Schachtel Zigaretten vor der Tür, tigerte dauernd vom OP-Bereich den Gang entlang und konnte meine Ungeduld kaum zügeln.

Endlich lag sie im Aufwachraum und ich durfte zu ihr. Langsam kam Sabrina zu sich, fing aber sofort an zu jammern. Zuerst dachte ich, sie hätte Schmerzen, aber das war nicht der Fall. Immer wieder fragte ich, was denn sei, aber sie konnte sich natürlich noch nicht klar äußern. Ich ging alle Möglichkeiten durch, bis ich die Frage stellte, ob sie denn etwas juckt. Sofort gab sie einen zustimmenden Laut von sich. Nun musste ich herausfinden, wo die Stelle war und probierte verschiedene Körperteile durch, bis ich den Punkt hatte. Es war eine Stelle auf ihrem Kopf. Sabrina gab ein wohliges Schnurren von sich und ich begann laut zu lachen. Die ganze Anspannung der letzten Wochen fiel von mir ab. Natürlich kam genau zu diesem Zeitpunkt eine Schwester in das Zimmer und sah mich entgeistert an. Nachdem ich ihr erklärt habe, was meinen Lachanfall ausgelöst hatte, musste sie mit mir lachen. Das tat sehr gut. Noch heute spreche ich mit Sabrina über dieses Erlebnis und es heitert uns beide auf.

* * *

Nach einer weiteren Woche wurde meine Frau entlassen. Es war ein Freudentag, als ich sie wieder in unsere Wohnung bringen durfte. Die Wunden verheilten gut, aber ganz ohne Probleme waren die Operationen nicht verlaufen. Sabrina kann seitdem ihre Arme nur noch bis auf Kopfhöhe anheben Die Nerven wurden bei der Entnahme der Lymphknoten leider doch verletzt. Es sammelt sich auch heute noch Wasser in ihren Lymphen, wodurch sie jede Woche zweimal zur Lymphdrainage gehen muss. Des Öfteren hat sie Narbenschmerzen an der Stelle, an der die Loops in den Hals geführt worden waren.

Selbst die Ärzte waren überrascht, dass sie ihre Stimme nicht eingebüßt hatte. Nach ein paar Wochen redete sie wie vor der Operation.

Schon in der Klinik wurde vom Sozialdienst ein Antrag auf einen Schwerbehinderungsausweis sowie ein Rentenantrag gestellt. Dadurch, dass sie ihre Arme nicht mehr anheben konnte, war ihre bisherige Arbeit nicht mehr ausführbar.

Schon nach kurzer Zeit bekam Sabrina einen Termin beim Gutachter der Rentenversicherung. Zwei Monate später hatte sie ihren Rentenbescheid in den Händen, befristet auf 2 Jahre.

Während dieser Zeit gingen wir zu ihrem Zahnarzt und bedankten uns für sein schnelles Handeln. Er sah sich die Stelle mit den ausgebrochenen Zähnen an und erstellte einen Kostenplan. Diesen reichte ich bei unserer Krankenkasse ein, zusammen mit den Unterlagen vom Krankenhaus und bat um vollständige Kostenübernahme. Nach zwei Wochen bekamen wir eine Absage. Das Ziehen der Zähne sei notwendig gewesen und somit kein Fehler der Ärzte. Die Zahlung wurde auch nach Widerspruch verweigert. Ein Ärgernis, das uns viel Geld kostete.

Das Wichtigste an der ganzen Sache ist für uns allerdings, dass Sabrina überlebt hat.

* * *

Es begann eine lange Zeit des Hoffens und Bangens. Man sagt, dass der Krebs nach 5 Jahren besiegt sei, wenn er in dieser Zeit nicht erneut ausbricht.

Im ersten Jahr nach der Operation musste Sabrina alle 3 Monate zur Nachsorge. Vor diesen Terminen hatten wir immer ein komisches Gefühl im Bauch, aber das erwies sich als unbegründet. Alles war in Ordnung. Nach diesem ersten Jahr wurden die Intervalle der Nachsorge auf 6 Monate verlängert. Als nach 5 Jahren immer noch kein erneuter Krebs festgestellt werden konnte, wurde die Vorsorge eingestellt.

Alles war super, Sabrina hatte den Krebs besiegt!

Fuck Cancer!

Kapitel 7

Lieber einen Beutel am Bauch
als einen Zettel am Zeh.
Leitspruch aller Stomaträger

Sabrina hatte alles gut überstanden und war nun auch Frührentnerin. Das brachte uns viel Häme und vor allem Neid von Bekannten und Verwandten ein. Auch sie hatte nun eine Krankheit mit etlichen Einschränkungen, die sie nicht mehr arbeiten ließen. Wie bei mir gab es dieses eine Problem – man sah es ihr nicht an.

»Willst du denn nicht wieder arbeiten? Nur faul zu Hause rumzuliegen – das könnte ich nicht. Du siehst doch aus, wie das blühende Leben«, waren nur einige der dummen Sprüche, die sich nun auch Sabrina anhören musste. Die Ignoranz und der Neid dieser Personen sind einfach erbärmlich.

Jetzt erlaubten wir uns auch noch, jedes Jahr in Urlaub zu fahren! Dass wir uns diese Reisen vom Munde absparten, interessierte natürlich niemanden.

Als ein Bekannter einmal zu mir sagte: »Wie könnt ihr euch das nur leisten? Den ganzen Tag faul rumliegen und den Staat auszunutzen scheint sich ja zu lohnen. Ihr seid doch nichts anderes als Sozialschmarotzer«, war ich kurz davor, auszurasten. Ich beherrschte mich aber und erwiderte nichts. Ich habe in den Jahren gelernt, nicht mehr mit Idioten zu diskutieren, denn es bringt nichts. Sie ziehen einem auf ihr Niveau herunter und dort sind sie zweifelsfrei im Vorteil.

In dieser Zeit habe ich mir angewöhnt, Diskussionen, bei denen ich keine Hoffnung auf gegenseitiges Verständnis habe, sofort abzubrechen. Das wird mir oft als Schwäche und Aufgeben angerechnet, aber ich weiß, dass ich damit besser fahre, mich nicht unnötig aufrege und keine Lebenszeit vergeude. Aufregung ist eh Gift für meine Krankheit.

Das Thema Urlaub habe ich ja schon angesprochen. In diesem Jahr 2004 buchten wir wieder drei Wochen Dänemark bei unserem dänischen Freund Gunnar. Es war unser Jubiläumsjahr, bereits das zehnte Mal ging es nach Helgenæs, einer kleinen Halbinsel zwischen Arhus und Ebeltoft. Gesundheitlich hatte ich sehr große Probleme, gerade noch 45 Kilogramm zeigte die Waage an. Schon die Fahrt war für mich kaum zu bewältigen. Ich fuhr die Hälfte der

1.200 Kilometer, dann musste Sabrina den Rest fahren, während ich schlief.

In der ersten Urlaubswoche schleppte ich mich teilweise aus dem Ferienhaus, um zum Angeln an einen Forellensee zu fahren. Der aggressive Stuhlgang fraß sich durch die Analfisteln und essen konnte ich auch aufgrund der starken Schmerzen fast nichts mehr. Immer noch tröpfelte zeitweise Urin durch die Fisteln, was die ganze Sache nicht besser machte. Eine neue Fistel fraß sich durch mein Fleisch, diesmal an meinem Bauch. Sie kam an der Stelle zum Vorschein, an der die Drainagen gelegt waren. Die Fistel schmerzte nicht sonderlich, allerdings förderte auch sie Stuhlgang. Ich fühlte mich mittlerweile wie eine Gießkanne, durch alle Öffnungen an meinem Unterkörper floss der Kot heraus. In diesen Tagen überlegte ich erstmals ernsthaft, ob ich mir nicht doch einen künstlichen Darmausgang, ein Stoma, anlegen lassen sollte.

Oft hatten mir Ärzte prophezeit, dass ein Stoma irgendwann die letzte Lösung für mich werden würde. Ich sträubte mich immer gegen den Gedanken, daran waren sicher auch Erlebnisse aus der Vergangenheit schuld.

Als Jugendlicher ging ich sehr oft mit meinem Vater zum Angeln. Eines Tages hatte sich ein anderer Angler an dem

Baggersee, den wir befischten, einen festen Platz mit einer Hütte angelegt. Ich sah ihn immer aus der Entfernung und wie unter Anglern üblich, grüßten wir uns per Handzeichen, gingen aber nie in seine Richtung. Als ich an einem Tag ohne Fang meinen Vater fragte, ob wir nicht mal in die Ecke gehen sollten, in der der Mann seine Hütte hatte, meinte mein Vater: »Auf keinen Fall gehen wir dahin. Der Typ hat Krebs und wurde operiert.«

Ich fragte ihn, was daran so schlimm sein sollte, dass wir nicht in seine Nähe durften.

»Das ist ganz einfach. Ich habe gehört, dass sie dem das Arschloch zugenäht haben. Jetzt hat er einen künstlichen Ausgang mit so einem Kackbeutel drauf. Man riecht den schon 10 Meter gegen den Wind. Willst du dahin gehen, wo es nach Scheiße stinkt?«

Ich wollte nicht und dachte, der arme Mann, mit dem spricht garantiert niemand mehr. Wie einsam muss ein Mensch sein, der immer nach Kacke riecht? Dass mein Vater hier nur Gerüchten, nicht etwa Gerüchen glaubte und damit unglaublichen Schwachsinn verbreitete, war mir nicht bewusst.

Als ich selbst in den 1980er und 1990er Jahren oft in der Klinik lag, lernte ich einen jungen Mann kennen, der ebenfalls an Morbus Crohn erkrankt war. Dieser erzählte mir, dass ihm aufgrund der Krankheit die Arbeitslosigkeit drohte und er deshalb auf einen künstlichen Ausgang bestand. Der Chirurg der Klinik lehnte dies zu diesem Zeitpunkt ab, da der Darm des Mannes noch nicht so nachhaltig geschädigt war. Ich erzählte dem jungen Mann, dass so etwas für mich nicht in Frage kam, da ich die Geschichte mit dem Angler noch sehr präsent im Hinterkopf hatte. Ich wurde am darauffolgenden Tag aus der Klinik entlassen, hielt aber die Verbindung mit meinem Zimmerkollegen aufrecht, was sich als einfach erwies, da er zufällig im selben Ort wohnte. Als ich ihn wieder traf hatte er sein Stoma und war sehr zufrieden. Seine Überredungsversuche waren doch noch erfolgreich gewesen. Er war glücklich, dass er weiterarbeiten konnte. Ich hatte wenig Verständnis dafür, dass man sich einer solchen, nicht nur in meinen Augen unnötigen Operation unterzog. Hätte ich damals gewusst und verstanden, welche Vorteile eine Stoma-Anlage mir als Morbus-Crohn Patienten bringen würde, dann hätte ich niemals so lange gewartet.

Zurück zum Urlaub.

Die Schmerzen wurden fast unerträglich. Das Fentanyl-Pflaster, mittlerweile bekam ich die zweitstärkste Dosis, brachte keine Linderung mehr. Zu diesem Zeitpunkt habe ich mich entschieden, die Operation sofort nach dem Urlaub anzugehen, da die Fistel am Bauch sowieso operiert werden musste. So konnte man alles in einem Aufwasch machen. Ich überstand die letzte Urlaubswoche nur unter starken Schmerzen. Zuhause angekommen, vereinbarte ich sofort einen Termin bei meinem Hausarzt.

In dessen Praxis erklärte ich ihm, was ich vorhatte. Er war sehr erfreut, dass ich endlich diesen Schritt gehen würde und versprach mir, dass es mir danach viel besser gehen würde. Na ja, was ich von solchen Versprechen halte, habe ich schon mehrfach dargelegt.

Wieder ging ich in die Uniklinik, in der auch schon die Magenoperation durchgeführt wurde. In dem ersten Arztgespräch kam ich sofort auf den Punkt. Ich wollte unbedingt diese Operation und wenn schon, dann gleich alles. Ich zeigte die Fistel am Bauch und informierte den Arzt über die Fistel, die von meiner Harnröhre zum Darm führte. Er zeigte sich erstaunt, dass man diese Fistel nicht schon in früheren Untersuchungen festgestellt hatte. Nun sollte ich gründlicher untersucht werden. Ich freute mich nicht gerade auf die Untersuchungen, wusste ich doch, was da wieder an Schmerzen auf mich zukam. Abschließend fragte ich nach einer Stoma-Beratung, wie es sie in allen großen Kliniken gab. Auch diese Klinik hatte die Beratung im Angebot.

»Ich sage der Schwester, dass Sie eine Beratung wünschen. Dann kommt vor der Operation noch jemand zu Ihnen und sie können alles fragen, was Ihnen auf dem Herzen liegt. Sie bekommen dann zusätzlich schriftliches Material, wir wollen Sie ja nicht uninformiert unters Messer nehmen.«

Hahaha, dachte ich, ich ahnte schon, dass sich niemand melden würde. Bevor ich ins Krankenhaus ging, hatte ich versucht, mich im Internet über die Operation und das Leben mit Stoma kundig zu machen. Zu dieser Zeit gab es allerdings im Netz nur sehr wenige Informationen dazu. Überhaupt schien alles, was mit der Verdauung zu tun hatte noch ein Tabu zu sein. Heute ist man da um einiges aufgeklärter.

Meine Ahnung hat sich natürlich bewahrheitet.

Ultraschalluntersuchungen wurden durchgeführt, jeden Tag wurde Blut genommen und dann hieß es, von den Fisteln solle ein Hydro-MRT gemacht werden. Es wurde mir erklärt, dass man dabei Kontrastmittel rektal einleiten und dann den Enddarm verschließen wird. Das konnte ich mir nicht so richtig vorstellen und glaubte auch nicht, dass das bei mir funktionieren würde.

Der Termin kam. Ich musste durch die halbe Klinik zum Untersuchungsraum laufen. Da es wieder Sommer war, trug ich nur ein leichtes Shirt und eine Sporthose. Im Raum mit dem Kernspintomographen musste ich alles ausziehen und mich auf die Seite legen. Ein Arzt und eine Schwester leiteten die Untersuchung ein.

»Ich werde Ihnen jetzt einen Schlauch in den After schieben und das Kontrastmittel reinlaufen lassen. Wenn ich den Schlauch rausziehe, dann pressen Sie ihren Schließmuskel fest zusammen, damit das Kontrastmittel nicht herausläuft.«

Ich sagte dem Arzt, dass das nicht möglich sei, da mein Schließmuskel kaum noch funktionierte. Der Arzt bestand allerdings darauf, mein Einwand interessierte ihn nicht. Wieder war ich auf einen Arzt getroffen, der nicht auf Patienten hörte. Ich ahnte schon, dass diese Untersuchung für mich im Desaster enden würde.

Der Schlauch kam und die warme Flüssigkeit lief in meinen Darm. Als der Schlauch entfernt wurde, versuchte ich, meinen Schließmuskel so fest wie es mir möglich war, zusammen zu pressen. Es misslang gründlich. Das Kontrastmittel schoss förmlich aus mir heraus. Teile davon gingen durch die Fisteln ab und ich schrie vor Schmerzen.

»Was machen Sie denn? Ich sagte doch, sie sollen das Zeug halten!«, maßregelte mich der Arzt. Ich war nur mit meinen Schmerzen beschäftigt und bat darum, mir ein Schmerzmittel über die Kanüle im Arm zu geben.

»Nein«, war seine Antwort. »Das können Sie sich auf Station geben lassen, wenn wir hier fertig sind. Haben Sie sich mal nicht so.«

Er setzte den Schlauch erneut an, ich lag mittlerweile in der Brühe, die beim ersten Versuch auf den Tisch gelaufen war.

»Wir dichten das jetzt mit einem Lappen ab«, sagte der Arzt zu der Schwester. Kaum hatte ich mir Gedanken darüber gemacht, wie das funktionieren sollte, spürte ich es schon. Der Schlauch wurde wieder gezogen, nachdem das Mittel eingelaufen war. Dann wurde mir etwas mit großem Druck förmlich in den Hintern hineingedreht. Es handelte sich tatsächlich um ein Tuch, aber auch das Tuch hielt die dünne Flüssigkeit nicht auf.

Der Arzt war aufgrund des misslungenen Versuchs nun sehr ungehalten und ging die Schwester aggressiv an.

»Das macht keinen Sinn mit dem. Der jammert ja bei jedem kleinen Scheiß. Fertig, ich mache keinen weiteren Versuch mehr.«

Ich hätte dem Arzt zu diesem Zeitpunkt gerne mal ein kleines bisschen von dem „Scheiß" gewünscht, der mich gerade wieder schreien ließ. Außerdem fand ich seine Äußerungen zutiefst beleidigend. Er verschwand ohne weitere Worte an mich aus dem Untersuchungsraum und die Schwester sagte mir, dass ich mich wieder anziehen könne. Dann kam der nächste Schock.

Die Schwester hatte mangels Platzes meine Kleidung direkt neben mich gelegt. Alles war klatschnass, von Kontrastmittel und ausgespülten Stuhlresten durchtränkt.

»So kann ich doch nicht zurück auf Station laufen«, sagte ich verzweifelt zur Schwester. Die sah mich nur ratlos an und schlug mir vor, ich solle die Sachen gegenüber auf der Toilette waschen.

»Gegenüber? Soll ich jetzt nackt durch das vollbesetzte Wartezimmer laufen? Never!«

Die Schwester hatte dafür tatsächlich Verständnis, was ich nicht mehr erwartet hätte. Sie bat mich, kurz zu warten und ging nach draußen. Nach kurzer Zeit kam sie mit einem OP-Hemd zurück und sagte: »Das können Sie anziehen und damit auf Station gehen. Sie müssen mir das Hemd aber wieder zurückbringen.«

Niemals, dachte ich, niemals laufe ich mit einem dieser hinten offenen Hemden durch die halbe Klinik. Ich sagte nichts mehr, zog das modische Hemdchen an und huschte durch das Wartezimmer zur Toilette. Dort wusch ich im Handwaschbecken meine verschmutzte Kleidung und zog sie, so nass wie sie war, wieder an. Das Hemd ließ ich liegen.

Ich lief schnellen Schrittes und voller Schmerzen durch die Klinik zurück auf mein Zimmer. Meine Zimmerkollegen bemerkten natürlich meine nasse Kleidung und fragten mich scherzhaft, ob ich baden gewesen sei. Nachdem ich ein Schmerzmittel bekommen hatte, konnte ich auch wieder lachen. Allerdings ging mir der Arzt und seine Art mit Patienten umzugehen, noch lange nach.

Am nächsten Morgen musste ich zur OP-Besprechung in das Büro des Oberarztes. Er sprach mich auf die misslungene Untersuchung an und ich schilderte ihm das Ganze aus meiner Sicht.

»Dann wissen wir halt nicht, wie und wo genau ihre Fisteln verlaufen. Das wäre eine Operation ins Blinde hinein.«

Seine nächste Äußerung schockierte mich.

»Aber, das ist sowieso irrelevant. Ich werde Sie nicht operieren. Sie wiegen gerade noch 42 Kilogramm, mit Kleidung, da ist mir das Risiko zu groß!«

Keine OP? Trotz künstlicher Ernährung hatte ich weiter abgenommen. Es dauerte einige Zeit, bis ich seinen Standpunkt verdaut hatte. Ich wollte diese Operation und war zu allem bereit.

»Ich nehme das volle Risiko auf mich, wenn Sie mich operieren. Ich unterschreibe Ihnen alles. Was wäre die Alternative? Ich nehme weiter ab und sterbe hier an Schwäche? Da gehe ich lieber dieses Risiko ein.«

Zuerst war er dagegen, aber meine Überredungsversuche fruchteten doch.

Nachdem ich eine Erklärung unterschrieben hatte, in der ich alle möglichen Folgen auf mich nahm, besprachen wir die OP.

»Wir machen wieder den großen Bauchschnitt, das kennen Sie ja schon. Dann legen wir Ihnen das Stoma endständig an, weil Sie ja keine Rückverlegung mehr wünschen.«

Trotz der mir fehlenden Informationen wusste ich, dass man ein Stoma auf mehrere Arten anlegen konnte. Eine Möglichkeit war, nicht nur den Dickdarm, sondern auch den Enddarm an den künstlichen Ausgang zu legen. Danach besteht immer die Möglichkeit, das Stoma wieder zu entfernen und den Darm zurück zu verlegen. Diese Möglichkeit hatte ich für mich ausgeschlossen, da bei einer Rückverlegung die Fisteln wieder aktiv werden würden und die ganze Prozedur für die Katz´ wäre. Ein endständiges Stoma, das nie mehr zurückverlegt werden konnte, war eine unabdingbare Bedingung meinerseits.

»Wir werden dann den Enddarm entfernen und den Anus zunähen. Die Fisteln werden somit nicht mehr genährt und trocknen aus.«

»Was ist mit der Fistel zur Harnröhre?«, fragte ich.

»Da werden wir nachschauen, aber wenn die in den Enddarm mündet, dann erledigt sich dieses Problem ebenfalls. Die Fistel im Bauchraum entfernen wir ebenfalls, dann haben Sie Ruhe und es wird Ihnen besser gehen.«

Ich glaubte ihm…

Der Tag der Operation stand an. Die üblichen Vorbereitungen wurden getroffen, aber etwas war anders. Dieses

Mal sollte ich eine Schmerzmittelpumpe bekommen, deren Anschluss in die Wirbelsäule gelegt wird. Dadurch sollten die Schmerzen, die ich nach dem großen Eingriff haben würde, direkt an den zuständigen Nerven im Rückenmark gehemmt werden. Für die Punktion und das Anlegen des Katheders musste ich wach sein. Oft schon hatte ich gehört, dass bei einer solchen Prozedur millimetergenau gearbeitet werden musste, sonst könnte eine Lähmung das Ergebnis sein. Dementsprechend war meine Angst vor dieser Methode. Die Einstichstelle wurde örtlich betäubt und in relativ kurzer Zeit war der Anästhesist fertig. Ich hatte nichts gespürt und war sehr erleichtert.

Kurz darauf schlief ich ein, mit der Fifty-Fifty-Chance, wieder aufzuwachen.

* * *

Zum ersten Mal erwachte ich ohne Schmerzen. Die Pumpe wirkte super, einen Tag nach der Operation lag ich schon wieder in meinem Zimmer auf der Normalstation. An diesem Tag wurde der erste Verbandswechsel gemacht und ich schaute auf meinen Bauch. Die übliche Narbe war zu sehen, diesmal geklammert, drei Drainageschläuche ragten wieder rechts unten aus meinem Bauch und auf der linken Seite, in Höhe des Bauchnabels, befand sich der

Beutel. Nun hatte ich also ein Stoma. Der durchsichtige Beutel erschien mir riesig groß und ich fühlte mich bei seinem Anblick nicht gerade wohl. Immer schnüffelte ich in der Luft, ob man etwas riecht, da war aber nichts.

In der ersten Nacht schlief ich gut. Am frühen Morgen begannen plötzlich die Schmerzen. Am Hintern, der ja auch bearbeitet worden war und am Bauch wurden die Schmerzen immer stärker. Ich rief nach einer Schwester, die auch sofort kam. Sie hörte sich meine Beschwerden an und rief den Anästhesisten zu mir. Dieser erklärte mir, wie ich an der Pumpe durch einen Druckknopf das Schmerzmittel, bei dem es sich um Morphium handelte, erhöhen konnte. Das tat ich. Gegen Mittag war ich auf der höchsten erlaubten Dosis. Die Schmerzen ließen nicht nach. Sabrina kam und sah sofort, dass etwas nicht stimmte. Ich konnte mich kaum artikulieren und schrie zeitweise vor Schmerzen. Meine Frau rief nach einem Arzt. Für mich dauerte es eine Ewigkeit, bis jemand kam.

»Was haben Sie denn für Probleme?«, fragte der Arzt. Als Antwort bekam er einen Schmerzensschrei von mir.

»Sie haben die höchste Dosis Morphin eingestellt und das Fentanyl-Pflaster haben wir auch erneuert. Es handelt sich auch hier um die höchste Dosis, in der es diese Pflaster gibt, also 100 µg/h. Sie können überhaupt keine Schmerzen mehr haben!«

Mein Körper signalisierte mir das Gegenteil.

»Es zerreißt mich«, presste ich zwischen zwei Schreien hervor.

»Seien Sie doch nicht so weinerlich, so etwas habe ich noch nie erlebt«, war die Antwort.

Mittlerweile waren mehrere Ärzte und Pfleger anwesend, auch der Oberarzt, der mich operiert hatte. Alle waren ratlos. Der Oberarzt gab mir eine Spritze und die Schmerzen ließen etwas nach. Alle Ärzte verließen kopfschüttelnd das Zimmer, nur ein Pfleger blieb.

»Ich werde Ihnen nun das Bettzeug wieder glattziehen, Sie haben ja alles durcheinandergebracht«, sagte er zu mir. Sabrina half mir, mich etwas aufzurichten. In diesem Moment bemerkte meine Frau etwas Ungewöhnliches.

Sie sah unter das Bett und rief dem Pfleger zu: »Was ist denn das? Da unten ist ja alles nass!«

Der Pfleger sah nach und bemerkte, dass Flüssigkeit aus der Matratze tropfte.

»Du lieber Himmel, ich glaube, ich weiß, was passiert ist.«

Er hob meinen Oberkörper an und sagte: »Der Anschluss vom Katheder ist abgegangen. Kein Wunder, dass Sie solche Schmerzen haben, das ganze Mittel lief ins Bett.«

Das war also die Lösung, wieder einmal hatte sich in dieser Klinik auf wundersame Weise eine Schlauchverbindung gelöst. Nachdem der Schlauch wieder eingedreht war, verschwanden meine Schmerzen sofort. Keiner der Ärzte hatte es für nötig befunden, einfach mal nachzuschauen.

Das Bett hatte übrigens einen schmerzfreien Tag, es hatte genug Morphium abbekommen.

In meinem Arztbrief stand wörtlich: »Der Patient ist extremst schmerzempfindlich. Ich empfehle eine baldige Ursachenfeststellung.«

* * *

Die Ursache stand ja wohl schon fest. Wieder einmal wurde ein Fehler der Klinik von einem Arzt ignoriert. In Erinnerung an diesen Tag schwillt mir heute noch der Kamm.

Am nächsten Morgen wurde ich zur Stoma Beraterin der Klinik geschickt. Auf meine Frage, warum sie nicht vor der OP zu mir gekommen war, erhielt ich die Antwort, dass sie davon keine Kenntnis hatte. Sie war einfach nicht informiert worden.

Die Frau legte ein paar Sachen neben mir auf der Liege ab und erklärte mir, dass sie nun das erste Mal meinen Beutel wechseln würde. Ich solle genau zusehen, denn in zwei Tagen sollte ich die Prozedur in ihrem Beisein alleine erledigen.

Vorsichtig zog sie den Beutel ab, der mir während des Eingriffs angelegt worden war. Zum ersten Mal sah ich das Stück Darm aus meinem Bauch herausragen, das mich von nun an bis an mein Lebensende begleiten sollte. Etwa 5 Zentimeter ragte das knallrote, aufgeblähte Stückchen heraus. Die Beraterin bemerkte meinen fragenden Blick.

»Das sieht jetzt riesig aus, wird sich aber im Laufe der Zeit normalisieren. Später wird es viel dünner und auch kürzer sein.«

Ich war beruhigt und irgendwie auch fasziniert. Als nächstes nahm sie eine Mullkompresse und reinigte das Stück Darm sowie die Haut am Bauch. Ich spürte nur ein leichtes Reiben, keine Schmerzen. Als sie fertig war, trug sie einen Hautschutzfilm auf und klebte einen neuen Beutel auf meinen Bauch.

»Das war es schon. Ich habe Ihnen einen sogenannten Ausstreifbeutel aufgeklebt. Wenn Sie Stuhlgang haben, dann öffnen Sie über der Toilette einfach den Klettverschluss und leeren den Beutel. Reste können Sie mit Toilettenpapier entfernen. Diese Beutel haben den Vorteil, dass sie nicht nach jedem Stuhlgang gewechselt werden müssen und ein oder zwei Tage auf dem Bauch bleiben können. Das schont Ihre Haut. Sie können nun zurückgehen in Ihr Zimmer, wir sehen uns übermorgen.«

Ich freute mich, dass das alles so unkompliziert ging. Ich durfte schon essen und trinken. Der Darm förderte, nach zwei Tagen wechselte ich selbst den Beutel. Alles war gut.

Sieben Tage nach der Operation wurden zwei der Drainagen gezogen und die Klammern am Bauch entfernt. Bis dahin hatte ich mich nie gefragt, warum an meinem Hintern nichts mehr schmerzte und auch kein Verband angebracht war. Ich dachte, super, durch das Zunähen sind alle meine Probleme mit dem Hintern erledigt.

An diesem Tag kam der Oberarzt zu mir und teilte mir mit, dass er jetzt das Abschlussgespräch machen würde und ich am nächsten Tag nach Hause könne. Einerseits freute ich mich, so schnell entlassen zu werden, andererseits lag noch eine Drainage in meinem Körper und ich fühlte mich eigentlich noch etwas schwach.

»Zuerst etwas zur Blase«, begann der Arzt. »Wir haben eine Blasendichtheitskontrolle durchgeführt, es ist alles in Ordnung.«

Blasendichtheitskontrolle? Ich hatte ihm doch ganz deutlich erklärt, dass die Fistel von der Harnröhre ausging. In diesem Fall war eine Blasenkontrolle sinnlos. Das tat er einfach ab und fuhr fort.

»Wir haben Sie fast 10 Stunden operiert. Wie gesagt, Blase ist dicht. Den Hintern haben wir gelassen, wie er war. Das Stoma haben wir doppelläufig angelegt, damit es zurückverlegt werden kann, wenn die Fisteln ausgetrocknet sind.«

Ich dachte zuerst, ich hätte mich verhört. Dieser Arzt hatte sich an keine einzige Absprache gehalten. Ich wurde wütend.

»WAS haben Sie getan? Haben wir vor der Operation nicht alles ganz anders geplant? Warum haben Sie alles geändert? Nur damit Sie mich noch einmal operieren können, denn der Stumpf muss ja doch irgendwann raus!«

Der Arzt sah mich an und sagte dann diesen einen Satz, der mir heute noch in den Ohren klingt.

»ICH habe das während der Operation so entschieden. Ich konnte Sie ja schlecht aufwecken, um zu fragen, ob ich das machen darf.«

Mit diesen Worten verließ er das Zimmer. Ich weiß nicht, ob er mitbekommen hat, dass ich eine volle Wasserflasche nach ihm geworfen habe.

Am nächsten Morgen, nach einer schlaflosen Nacht, fragte ich zuerst, ob die Drainage gezogen wird, bevor ich entlassen werde. Der Stationsarzt sagte mir, dass sie noch ein paar Tage drinbleiben muss. Mein Hausarzt könne den Schlauch dann ziehen. Ich nahm es so hin, ich wollte nur noch so schnell wie möglich aus dieser Klinik heraus.

*   *   *

Die nächsten Tage ruhte ich mich in unserer Wohnung aus. Am 4. Tag bemerkte ich, dass sich an der Öffnung, aus der der Schlauch der Drainage aus dem Bauch führte, Eiter gebildet hatte. Passenderweise war mein Hausarzt in dieser Zeit natürlich in Urlaub und zu seiner Vertretung wollte ich nicht gehen. Ich ging ins Bad, schnitt den Faden, der den Schlauch hielt durch und zog den Schlauch heraus. Am ganzen Schlauchstück von etwa 10 Zentimetern Länge, das in meinem Bauch gelegen hatte, haftete Eiter. In der verbliebenen Öffnung im Bauch war ebenfalls Eiter zu sehen. Ich wischte alles sauber und klebte ein Pflaster darüber. Es war mir vollkommen egal, ob sich in meinem Körper wieder eine große Entzündung bilden würde. Ich hatte ja ein Messer zum Aufschneiden.

Alle Schmerzen, die ich vor der Operation hatte, waren verschwunden. Allerdings war ich wie in Trance, das Schmerzpflaster mit der höchsten Dosis ließ mich kaum einen klaren Gedanken fassen. Meine Haut brannte förmlich.

Als mein Hausarzt aus dem Urlaub kam, sagte ich ihm, dass ich das Schmerzpflaster ausschleichen möchte. Das heißt, dass ich die Dosis wöchentlich halbiere, bis ich kein Pflaster mehr brauche. Er empfahl mir, in eine Schmerzklinik zu gehen. Daran hatte ich kein Interesse. Ich hatte vorerst genug von schlauen Ärzten. Deshalb bestand ich auf einen kalten Entzug zu Hause.

In der folgenden Woche begann ich, das Pflaster von 100 μg/h auf 50 μg/h zu reduzieren. Nach wenigen Tagen wurden meine Beine unruhig. Beim Stehen, Laufen oder Sitzen war alles in Ordnung. Sowie ich mich hinlegte, begann ich um mich zu treten. Ich wusste, dass das die Nebenwirkungen der Opioidreduzierung waren. Eine Woche später reduzierte ich auf 25 μg/h und eine weitere Woche später auf 12,5 μg/h. Meine Tritte an die Lehne der Couch wurden immer heftiger. Eines Tages brach das ganze Teil entzwei. Das war uns allerdings egal, denn nach insgesamt drei Monaten hatte ich den Entzug erfolgreich hinter mich gebracht. Es hatte genauso lange gedauert, wie der Aufenthalt in der Schmerzklinik angesetzt gewesen wäre.

Wir waren beide glücklich, dass ich diese Strapazen überstanden hatte. Eine neue Couch wollten wir uns sowieso zulegen.

Kapitel 8

Böse Nachbarschaft ist
schlimmer als Bauchschmerzen.
Aus der Lombardei

Überhaupt lief nun alles sehr gut. Die Wunde, die vom Drainageschlauch geblieben war, wuchs innerhalb einer Woche zu. Es gab keine weitere Entzündung. Die Stoma Beraterin einer Fachfirma kam regelmäßig zu mir und schaute auf »Frodo«, wie ich mein Stoma mittlerweile getauft hatte. Das Material für die Versorgung (Mullkompressen, Hautsalbe, Hautschutzspray und Beutel) bekam ich regelmäßig auf Rezept nach Hause geliefert.

Einen Monat nach der Operation bemerkte ich, dass ich ständig an Gewicht zulegte. Es ging mir viel besser, Schmerzen kamen seltener. Die Gewichtszunahme verdankte ich der Zusatznahrung, die ich immer noch zu mir nahm. Ein halbes Jahr nach der Operation wog ich 72 Kilogramm; 30 Kilogramm mehr als vor dem Eingriff. Selbst mein Hausarzt hatte dafür keine Erklärung und verriet mir, dass er mich schon abgeschrieben hatte. Seiner Meinung nach hatte ich vor der Operation keine Chance auf ein Überleben. Er wunderte sich, dass ich es trotzdem geschafft habe. Mal abgesehen von dieser unglaublichen Aussage, es hatten sich ja schon viele Ärzte in der Prognose meiner Lebenszeit geirrt. Er gehörte nun auch dazu.

Die Besserung meines körperlichen Zustandes ließ uns neue Pläne machen. Zuerst wollten wir aus unserer Wohnung ausziehen. Was nutzte uns eine günstige Miete, wenn man ständig aufpassen musste, ob das Haus nicht abgefackelt wird und man in jeder Nacht wachliegt, weil andere Mitbewohner im Haus joggen oder laute Musik machen. Die Furcht vor einem Brand war durch die Mieterin unter uns begründet. Die kleine 1-Zimmer-Wohnung wurde an eine Frau vermietet, die von Sozialhilfe lebte. Ihre Wohnung lag direkt unter unserem Schlafzimmer. Tagsüber schlief die Frau, nachts hörte sie laute Musik. Als ich eines Tages zu ihr ging, um sie um etwas mehr Ruhe, besonders nachts zu bitten, bat sie mich kurz in ihre Wohnung. Mir fiel sofort auf, dass die Wand zum Fenster verkohlt war, die Zimmerdecke sah genauso aus. Ich fragte sie, was hier passiert sei und sie antwortete mir, dass sie jeden Abend mindestens 50 Kerzen anzündet, weil sie das so toll fände. An einem Abend in der vorangegangenen Woche schlief sie jedoch ein, ohne die Kerzen zu löschen. Sie wachte auf, gerade als die Tapete anfing zu brennen und konnte die Flammen in letzter Sekunde löschen. Darauf war sie sehr stolz.

Ich sah das komplett anders und äußerte meinen Unmut. Sie sah mich verblüfft an und sagte mir, dass ich mich nicht so haben soll, es wäre ja nichts passiert. Ich hatte nach diesem Ereignis keine ruhige Nacht mehr, auch weil die Musik nun bewusst laut gedreht wurde. In unserem Schlafzimmer installierte ich zur Sicherheit einen Rauchmelder, doch das Restrisiko, hier wohnen zu bleiben, war uns einfach zu hoch.

Eines Tages nach diesem Vorfall kam ich mit dem Auto nach Hause. Kinder spielten vorm Haus. Als ich vor unserer Garage ausstieg fingen die Kinder an zu schreien: »Schnell weg hier, da kommt der böse Mann!«

Dann rannten sie davon.

Ich hielt es für ein Spiel und lächelte darüber, aber es war bitterer Ernst. Am nächsten Tag musste ich etwas aus dem Keller holen. Die Frau, die beinahe das Haus abgefackelt hatte, spielte mit einem kleinen Kind im Vorraum. Als sie mich kommen sah riss sie das Kind vom Boden hoch und sagte zu dem Mädchen: »Schnell weg hier, das ist der böse Mann, der will dir etwas antun.«

Ich hatte keine Worte für diese unglaubliche Behauptung und dachte nur noch, dass wir hier so schnell wie möglich ausziehen müssten, denn wenn ein solches Gerücht erst einmal in der Welt ist, dann bekommt man es nicht mehr weg. Oft genug sieht man, dass durch üble Nachrede ganze Existenzen vernichtet werden. Ich musste etwas unternehmen, also ging ich zum Anwalt, der eine Unterlassungsverfügung verfasste und der Frau zustellte. Damit herrschte natürlich Eiszeit zwischen uns.

So begannen wir unsere Suche nach einem neuen Domizil und wurden bald fündig. Ein kleines Häuschen in einem naheliegenden Dorf stand zur Miete. Wir wussten, dass wir darin auf sehr beengtem Raum leben mussten, immerhin verkleinerten wir uns von unserer großen Wohnung mit 100 Quadratmetern, 2 Garagen und Kellerraum auf 60 Quadratmeter, aber das war uns egal. Hauptsache wir kamen hier schnell raus. Es war genau der richtige Zeitpunkt, denn in diesem Monat, indem wir die Wohnung kündigten, trat das neue Mietergesetz in Kraft. So brauchten wir nur eine 3-monatige Kündigungsfrist einhalten, vorher wäre es ein ganzes Jahr gewesen. Unsere Vermieter zeigten sich sehr überrascht. Sie dachten, wir würden bis an unser Lebensende in dieser Wohnung bleiben. Ich sagte ihnen, dass wir das auch vorhatten, aber wenn ein Vermieter auf Beschwerden nicht reagiert und alles nur als „harmlos" abtut, dann bleibt eben keine andere Möglichkeit, als zu kündigen. Verständnis hatte ich für diese Äußerung nicht erwartet, bekam ich auch nicht.

* * *

Bei den Vorbereitungen für unseren Umzug hatte ich ein Erlebnis, das ich Ihnen nicht vorenthalten möchte.

Für die Renovierung musste ich in einen Baumarkt, Farbe kaufen. Ich stand vor dem großen Regal und suchte nach dem richtigen Farbton. Links und rechts neben mir befand sich jeweils ein anderer Kunde. Plötzlich entleerte sich Luft aus meinem Darm in den Stomabeutel. Der Furz war laut und dauerte ziemlich lange. Der Mann an meiner linken Seite starrte mich kurz an und ging schnell davon. Ich schaute auf den Mann zu meiner Rechten, auch er blickte zu mir. Ich reagierte schnell, rümpfte die Nase, schüttelte den Kopf und ging ebenfalls. Hinter dem nächsten Regal konnte ich mich vor Lachen kaum einkriegen.

Zur Erklärung muss ich sagen, dass man bei einem Stoma den Abfluss von Stuhl oder den Austritt von Luft nicht regulieren kann, da man keinen Schließmuskel hat. Natürlich hört man die Flatulenzen, wenn man danebensteht. Es ist mir nicht peinlich, ich amüsiere mich eher über die Blicke der anderen Menschen, wenn mir so etwas im Supermarkt oder einer Gaststätte passiert.

* * *

Der Umzug lief reibungslos. Viele unserer Möbel verschenkten wir, weil wir nicht wussten, wo wir sie unterbringen sollten. Am Morgen nach unserer ersten Nacht im neuen Haus ging ich vor die Tür und erlebte eine Überraschung. Eine Frau, die gegenüber wohnte, begrüßte mich herzlich und begann ein Gespräch mit mir. Ich war erstaunt, hatten wir doch in 23 Jahren in der Stadt sehr wenig Kontakt zur Bevölkerung bekommen. Selbst bei unseren Mitbewohnern im Mietshaus beschränkte sich der Kontakt auf belanglose, kurze Gespräche. Doch hier verhielt sich das anders. Auf dem Dorf kennt man sich, Zugezogene wurden herzlich aufgenommen und begrüßt. Wir gewöhnten uns sehr schnell an diese Mentalität.

Ein neuer Lebensabschnitt hatte für uns begonnen.

Wir fühlten uns in unserem neuen, gemieteten Haus trotz der räumlichen Enge sehr wohl. Die Vermieter hatten uns ein kleines Stück Garten zur Bewirtschaftung abgetreten.

Zum ersten Mal konnten wir Gemüse anbauen. Auf einer Fläche von 20 Quadratmetern legten wir eine mit Pflastersteinen befestigte Fläche an. Binnen kurzer Zeit hatten wir viele Kontakte zu den Einwohnern geknüpft und neue Freunde gefunden.

Einziger Wehrmutstropfen war der Tod unseres Hundes, der im Alter von etwa 16 Jahren von uns ging. Es war eine schöne, aber auch teilweise stressige Zeit, weil wir bei meinen Krankenhausaufenthalten immer jemanden suchen mussten, der sich um Biber kümmerte. Umso schöner war dann das Wiedersehen, wenn ich zurück nach Hause kam. Nun ist er im Hundehimmel und jagt dort den Katzen hinterher.

Da es mir nach meiner Stoma-Anlage relativ gut ging, begann ich, mir einen Nebenjob zu suchen. Ich wurde schnell fündig und arbeitete als Fahrer und Hausmeister für einen Betrieb im Ort. Es war leichte und zeitlich nicht gerade aufwändige Arbeit, die mir sehr viel Spaß machte.

Nach einem Jahr ging es mir wieder etwas schlechter, ich verlor trotz meiner Zusatznahrung immer mehr an Gewicht. Als längere Zeit keine Besserung eintrat, musste ich mich in ein Krankenhaus einweisen lassen. Es handelte sich um genau die Klinik, in der ich als Jugendlicher gesagt bekam, ich hätte höchstens noch 2 Jahre zu leben. Ich stand dem Aufenthalt in dieser Klinik sehr skeptisch gegenüber, aber sie lag nahe an unserem neuen Wohnort und ich wollte nicht, dass Sabrina wieder täglich die lange Strecke zur Uniklinik fahren musste, um mich zu besuchen.

In der Klinik hatte sich im Vergleich zu damals vieles geändert. Es gab nun einen Internisten, der auch eine ambulante Sprechstunde anbot. Dieser betreute mich auch während meines Aufenthalts.

Nach den üblichen Magen- und Darmspiegelungen stand fest, dass mein kompletter Darm erneut entzündet war. Ebenso bestand Verdacht auf das Norovirus, deshalb wurde ich isoliert. Eine hochdosierte Kortisontherapie wurde angesetzt und über den mir schon hinlänglich bekannten ZVK wurde ich künstlich ernährt. Sechs Wochen verbrachte ich in diesem Zimmer. Ich durfte den Raum während dieser Zeit nicht verlassen, da Ansteckungsgefahr für die anderen Patienten und das Personal bestand. Die Schwestern hatten Mitleid mit mir und machten mir den Aufenthalt so angenehm wie möglich. Da mir die künstliche Nahrung über einen Tropfenzähler gegeben wurde, sollte ich das Gerät immer abklemmen, wenn ich zur Toilette musste. Bei der Menge meiner Stuhlgänge war das ein dauerndes an- und abklemmen. Eine der Schwestern bemerkte dies und brachte einen mindestens 5 Meter langen Infusionsschlauch an, damit ich im ganzen Zimmer laufen und zur Toilette gehen konnte, ohne das Gerät vom Stromnetz zu nehmen. Das war eine große Erleichterung für mich.

Natürlich war es wieder Hochsommer, wie immer, wenn ich ins Krankenhaus musste. In diesen 6 Wochen ging die ganze Jahreszeit an mir vorbei. Als ich entlassen wurde, war der Sommer beendet. Ich hatte etwas an Gewicht zugelegt und fühlte mich besser.

Ein anderes Problem trat auf. Meine Zähne zerbröselten förmlich, wenn ich auch nur in eine Brotkruste biss. Mein Zahnarzt sah als Ursache das Kortison, das ich schon etliche Jahre in einer Erhaltungsdosis von 5 Milligramm einnahm. Mir blieb nichts anderes übrig, als mir alle Zähne, bzw. die Stummel, die noch übrig waren, ziehen zu lassen. Zweimal in der Woche hatte ich Termin, bei jeder Sitzung wurden 2 oder 3 Zähne gezogen. Es war eine Tortur über mehrere Wochen. Ein Provisorium wurde angefertigt, jede andere Lösung war für uns unbezahlbar. Das obere Teil wurde mit Klammern an 2 Restzähnen befestigt, das untere konnte man nur mit Zahnkleber befestigen. Bei jedem Bissen rutschte die Prothese sofort vom Unterkiefer und ich verzichtete schnell darauf. Dadurch muss ich seitdem auf bissfeste Nahrung wie Nüsse und hartes Brot verzichten und alles sorgfältig auf der „Felge" kleinkauen; wieder eine Einschränkung meines eh schon minimierten Nahrungsplans. Das sollte ich auf drastische Weise zu spüren bekommen.

* * *

Eines Tages war ich für meinen Arbeitgeber auf einer Auslieferungsfahrt. Nach getaner Arbeit hatte ich Hunger und ging in eine kleine Imbissbude gegenüber. Dort bestellte ich mir zwei heiße Würstchen mit Brot. Außer mir saßen keine Gäste in dem kleinen Speiseraum. Ich begann zu essen, während der Besitzer in den hinteren Bereich verschwand.

Beim zweiten Bissen passierte es. Durch die fehlenden Zähne am Unterkiefer konnte ich das Würstchen nur schlecht kauen und damit zerkleinern. Ich muss wohl einen größeren Brocken geschluckt haben, der mir in die Luftröhre rutschte und dort stecken blieb.

Sie können sich nicht vorstellen, was mir in diesem Moment alles durch den Kopf ging. Nach zwei misslungenen Versuchen, Luft zu holen, wusste ich, dass mir nur noch sehr wenig Zeit blieb. Laut um Hilfe rufen konnte ich nicht, denn ohne auszuatmen ist das kaum möglich. Ich stieg von meinem Platz auf und rannte zur Toilette. Es hätte mir nichts genutzt, nach dem Besitzer zu suchen, dabei hätte ich zu viel Zeit verloren. In der Toilette befand sich neben der Tür ein kleines Handwaschbecken. Nochmals versuchte ich, die in den Lungen verbliebene Luft ruckartig auszuatmen, um das Wurststück zu lösen. Wieder rührte es sich nicht.

Von früheren Erste-Hilfe-Kursen wusste ich vom sogenannten „Heimlich – Manöver". Eine zweite Person muss sich dabei hinter den Erstickenden stellen, die Arme um dessen Körper unterhalb des Brustbeins legen, eine Hand zur Faust ballen und mit der anderen Hand greifen. Dann muss er mit einem starken Ruck die Hände zu sich ziehen, um im Bauchraum einen Überdruck zu erzeugen, der auf die Lunge wirkt. Bei dieser Methode können Verletzungen des Zwerchfells oder von Organen im Bauchraum entstehen, aber der Mensch hat eine Überlebenschance. Diese Methode hatte schon viele Menschenleben gerettet – wenn jemand da war, der wusste, wie es geht.

Ich hatte niemanden und nur noch wenig Zeit. Mir wurde schon schwindelig, ein Zeichen, dass ich kurz vor der Ohnmacht stand. Das wäre das Ende für mich gewesen. Schnell ballte ich die Fäuste, hielt sie mir unters Brustbein und ließ mich vornüber gegen das Waschbecken fallen.

Der erste Versuch ging schief, beim zweiten löste sich das Wurststück und ich konnte es auswürgen. Dieses Gefühl, nach einer kleinen Ewigkeit wieder atmen zu können, war unbeschreiblich.

Das Ganze hatte ungefähr zwei Minuten gedauert und ich hatte wohl ein Riesenglück, dass ich als Jugendlicher Rettungsschwimmer bei der DLRG gewesen bin. Dadurch war ich geübt, die Luft länger anzuhalten, als zum Beispiel untrainierte Menschen.

In der Folgezeit wurde ich beim Essen vorsichtiger, allerdings vergisst oder verdrängt man solche Erlebnisse schnell.

Etwa ein halbes Jahr darauf fuhr ich mit Sabrina zu einem Fischerfest. An diesem Tag fand ein großes Preisangeln mit über 100 Teilnehmern statt. Kurz bevor das Angeln begann, aß ich eine heiße Wurst im Brötchen. Wieder verschluckte ich ein zu großes Stück, doch dieses Mal blieb es zum Glück nicht in der Luftröhre stecken, sondern in der Speiseröhre. Ich begann sofort zu würgen, aber das Stück löste sich nicht. Sofort beruhigte ich meine Frau und signalisierte ihr, dass der Brocken sich nicht in der Luftröhre befand. Ich versuchte, zu schlucken, doch es tat sich nichts. In Erinnerung an das schlimme Ereignis im Imbiss ging ich in die Hocke und presste die Hände in die Magengegend und drückte. Doch diese Methode wirkt nicht, wenn die Speiseröhre verstopft ist. Irgendwann, nachdem ich lange gewürgt und gespuckt hatte, rutschte die Wurst in den Magen.

In der Zwischenzeit liefen viele Menschen an uns vorbei, alle schauten, keiner fragte, ob er helfen kann. Im Gegenteil, manche schüttelten den Kopf und einer sagte:

»Wie kann man nur am frühen Morgen schon dermaßen besoffen sein?«

* * *

Mit den Jahren wurde uns das Haus doch etwas zu klein. Es hatte einen Gemeinschaftshof mit dem Nachbarhaus, mit dessen Mietern wir uns leider nicht gut verstanden. Auch das war einer der Gründe, uns wieder zu verändern. Wir suchten erneut nach einem Haus, das wir mieten konnten, wollten aber in diesem Ort bleiben.

Nach längerer Zeit meldete sich eine Freundin mit einer guten Nachricht. Sie hatte erfahren, dass ein größeres Haus am anderen Ortsende vermietet werden sollte und gab uns die Telefonnummer der Vermieter. Sofort nahmen wir die Gelegenheit wahr und meldeten uns. Nach einem Besichtigungstermin war klar, dass wir dieses Haus sehr gerne mieten würden.

Wir bekamen die Zusage. Umgehend kündigten wir unseren Vertrag für das kleine Haus und freuten uns auf unsere neue, große Wohnung.

Da das Haus schon länger leer stand, durften wir sofort mit der Renovierung beginnen. Genau in diesen Tagen nahm ich erneut radikal an Gewicht ab. Der Crohn hatte mich ein weiteres Mal im Griff. Komischerweise blieben die üblichen Darmkrämpfe bei meinen letzten Schüben aus. So ganz ohne diese Schmerzen nimmt man die Gewichtsabnahme nicht so schnell ernst. Ein Fakt, der sich als kontraproduktiv erweisen sollte.

Wieder musste ich in die Klinik, wieder gab es hochdosiertes Kortison und erneut bekam ich künstliche Ernährung. Es war der unpassendste Moment, den ich mir aussuchen konnte. Der Umzug war nicht mehr weit entfernt und ich lag in der Klinik. Zum Glück hatten wir neue Freunde gefunden, die alle mithalfen.

Sabrina baute in dieser Zeit zusammen mit ihrem Bruder und 2 Freundinnen unseren gepflasterten Platz ab und transportierte die Steine zu dem neuen Grundstück. Das war eine unglaublich schwere Arbeit und ich bin heute noch sehr stolz auf meine Frau sowie ihre Helferinnen und Helfer, dass sie das alles bewältigt haben. Chapeau!

Während dieser Zeit hatten wir unseren 25. Hochzeitstag – und ich lag in der Klinik. Keine Feier, nein, es war leider ein Tag wie jeder andere.

Als ich endlich aus der Klinik entlassen wurde waren es nur noch wenige Tage bis zum Umzug. Es ging mir zwar etwas besser, aber so richtig gut fühlte ich mich nicht.

Kapitel 9

Der Schmerz liegt in der Dauer,
die Freude im Augenblick.
Friedrich Hebbel (1813 – 1863)

Unser Umzug in das neue Haus war mit erneuter Hilfe von Freunden und Sabrinas Familie endlich geschafft. Langsam erholte ich mich von meinem letzten Schub, der mich doch sehr geschwächt hatte. Durch die künstliche Ernährung im Krankenhaus hatte ich erneut etwas an Gewicht zugelegt, mein Allgemeinzustand war einigermaßen befriedigend.

Die ersten Arbeiten in unserem großen Garten begannen und aus einem verwilderten Grundstück wurde ein schöner Naturgarten. Unser Rasen war teilweise von Unkraut durchzogen, doch das wollten wir so. Die neuen Nachbarn halfen uns, wo sie konnten. Gute Tipps wurden gegeben und viele Pflanzenableger zur Verfügung gestellt. Alte Obstbäume, Thujas und eine Tanne rundeten das Gesamtbild des Gartens ab. Aus den mitgebrachten Pflastersteinen bauten wir eine Art Terrasse, auf die ein Pavillon gestellt wurde. Ich genoss es, draußen zu sitzen und den Vögeln zuzuschauen. Nur zwei Kilometer von unserem ehemaligen Garten entfernt hatten wir plötzlich eine ganz andere, vielfältigere Tierwelt. Blaumeisen nisteten in allen aufgehängten Kästen, Buntspechte besuchten uns und etliche Eidechsen fühlten sich in unserem Garten wohl.

Auch das Angeln machte mir wieder Spaß, trotzdem fehlte es mir an Beschäftigung, die mir einen kleinen Nebenverdienst bringen würde. Meinen letzten Nebenjob hatte ich gekündigt, weil es mir einfach zu schlecht ging. Zufällig, aber genau passend, meldete sich ein Arbeitgeber, bei dem ich mich im Vorjahr als Fahrer beworben hatte. Es war eine leichte Tätigkeit, die ich im Rahmen meiner eingeschränkten Möglichkeiten sicher würde ausführen können. Ich freute mich auf diese neue Aufgabe, auch wenn es täglich nur eine Stunde Arbeit war. Mehr hätte ich sowieso nicht geschafft.

Zur Einführung in den neuen Job fuhr ich eine Weile mit einem Kollegen mit und ein paar Wochen später sollte ich selbst die Tour fahren. Doch wieder einmal sollte mir mein Gesundheitszustand einen Strich durch die Rechnung machen.

In diesem Sommer planten wir eine große Gartenparty, die als nachgelagerte Feier zu meinem 50. Geburtstag, als Einweihungsparty und als Dank für die vielen Helfer gerechnet war. In den Wochen davor bekam ich plötzlich Schmerzen in einem Bein. Als ich es genauer anschaute, bemerkte ich kleine rote Punkte, die seltsamerweise immer zu Dreiecken angeordnet waren. So etwas hatte ich noch nie gesehen und auch nie davon gehört bzw. gelesen.

Die Schmerzen verstärkten sich von Tag zu Tag. Mein Hausarzt war in Urlaub, also ging ich zu meinem neuen Internisten. Dieser sah sich mein Bein an und eröffnete mir dann, dass ich wahrscheinlich einen Herpes Zoster hätte.

»Ist Herpes nicht eine Geschlechtskrankheit?«, fragte ich ihn.

»Nein, nicht unbedingt. Herpes Zoster ist auch unter dem Namen Gürtelrose bekannt. Da sich bei Ihnen schon Bläschen gebildet haben, sind Sie hochgradig ansteckend. Passen Sie auf, damit niemand mit der Flüssigkeit, die sich in den Bläschen bildet, in Berührung kommt.«

Ich hatte schon von dieser Krankheit gehört und wusste, dass sie besonders schmerzhaft sein konnte. Angst und schlimme Gedanken durchfuhren mich. Als Kind hatte ich im Freibad eine Frau gesehen, die diese Krankheit am ganzen Oberkörper hatte. Es sah furchtbar aus. Das sollte ich nun auch haben?

»Kann man denn etwas dagegen machen?«, fragte ich schockiert.

»In diesem Stadium, indem Sie schon sind, ist da kaum noch etwas möglich«, erwiderte mein Arzt. »Sie hätten unbedingt in den ersten drei Tagen herkommen müssen, dann hätte ich Ihnen effektiv helfen können. Warum sind Sie so spät gekommen, da reagiert man doch sofort?«

Diese Aussagen klangen aggressiv und vorwurfsvoll. Für den Moment wusste ich keine Antwort, außer dass ich doch wegen ein bisschen Schmerzen im Bein nicht sofort zum Doktor rennen würde.

»Tja, dann haben Sie sich das selbst zuzuschreiben. Ich verordne Ihnen ein Medikament, das einzige, das es für diese Krankheit gibt. Vielleicht bringt es Ihnen etwas Linderung.«

Mit diesen Worten geleitete er mich aus dem Behandlungszimmer und stellte mir am Empfang ein Rezept aus. Mit diesem in der Tasche und einem mulmigen Gefühl im Bauch fuhr ich zur nächsten Apotheke. Nachdem ich die Tabletten hatte eilte ich sofort nach Hause.

Das Medikament enthielt den Wirkstoff Aciclovir, ein Virostatika, das für eine schnellere Abheilung der Bläschen sorgen und das Risiko einer Neuralgie mindern sollte. Im Beipackzettel stand, dass der Wirkstoff das Immunsystem komplett herunterfahren könnte. Das fand ich ganz okay, meiner Meinung nach könnte es sogar den Crohn eindämmen, der ja das Immunsystem bekämpft. Dachte ich.

Das Medikament in Tablettenform musste ich für eine bestimmte Zeit einnehmen.

Nach den ersten Tagen bemerkte ich nur eine Wirkung – die Schmerzen im Bein verstärkten sich zusehends. Schon leichte Berührungen ließen mich aufschreien und auch schlafen konnte ich kaum noch. Nach einer Woche bemerkte ich, dass ich immer schwächer und müder wurde. Logischerweise rechnete ich dies dem Schlafmangel zu.

Inzwischen hatte ich meinen neuen Job angetreten. Täglich fuhr ich eine Stunde, was ich gerade so schaffte. Wenn ich zu Hause war, legte ich mich sofort hin und schlief. Irgendwie zog das ganze Leben schemenhaft an mir vorbei. Zu dieser Zeit fand die Fußballweltmeisterschaft statt und ich interessierte mich sonderbarerweise überhaupt nicht dafür.

Die Vorbereitungen für unser Gartenfest liefen auf Hochtouren, Einkäufe wurden getätigt und am Abend vor dem Fest kamen ein paar Kumpel, um das Zelt aufzubauen. Schon an diesem Tag bekam ich kaum noch etwas mit. Ich saß nur in einem Gartenstuhl und gab auf Nachfrage Anweisungen, was wohin gestellt, bzw. aufgebaut werden sollte. Das gemütliche Zusammensein nach dem Aufbau verschlief ich komplett. Irgendwie kam ich nachts in mein Bett, meine Freunde hatten mich wohl hineingetragen.

Am nächsten Tag war richtig schönes Wetter. Ich konnte mich kaum bewegen, musste mich allerdings durchbeißen, da die Gäste nach und nach erschienen. Bis zum heutigen Tag fehlt mir die Erinnerung an diesen Tag. Nur Bruchstücke erscheinen ab und zu hinter dem Schleier des Vergessens. Wie mir später erzählt wurde, hing ich förmlich in meinem Stuhl und verschlief fast den ganzen Tag. Nur selten konnte ich kurzzeitig an Gesprächen teilnehmen, alles wie durch eine Nebelwand.

In einem lichten Moment bat ich Sabrina, bei meinem Arbeitgeber anzurufen und ihm mitzuteilen, dass ich krank sei. Mehr ist meiner Erinnerung nicht geblieben.

Die nächsten Tage gingen und ich bemerkte nur, dass die Schmerzen unerträglich wurden. Nach außen wirkte ich zwar müde, habe mich allerdings oft auch klar und verständlich unterhalten. Donnerstags bat ich meine Frau, mich zu meinem Internisten zu fahren. Dort angekommen, musste mir Sabrina helfen, in die Praxis zu laufen. Ich konnte kaum noch stehen, geschweige denn ohne Unterstützung laufen. Im Behandlungsraum legte ich mich sofort auf die Liege und wartete auf den Arzt. Nach der Schilderung meiner Beschwerden beugte er sich über mich, wobei sein Stethoskop ganz leicht mein Bein streifte. Ich schrie vor Schmerzen auf und schnauzte den Arzt an, er solle gefälligst aufpassen.

»Jetzt machen Sie mal nicht so eine Schau wegen ein bisschen Schmerzen«, war seine Reaktion darauf. Ich entschuldigte mich, erklärte ihm aber auch, warum ich so ausgerastet bin.

»Wenn Sie wirklich solche Schmerzen haben, dann verschreibe ich Ihnen Morphinpflaster, dann geht es wieder.«

Sabrina wies ihn darauf hin, dass ich seit Tagen kaum noch bei Bewusstsein war und sie sich große Sorgen machte. Sie fragte den Arzt, ob es nicht besser wäre, mich genauer zu untersuchen, z.B. ein Blutbild zu machen. Diese Frage wiegelte er lapidar ab.

»Das wird schon wieder. Er bekommt jetzt das Pflaster, das in drei Tagen seine volle Wirkung entwickelt. Sollte es dann immer noch nicht besser werden, dann kommen Sie wieder.«

Sabrina führte mich aus dem Behandlungszimmer zum Empfang. Dort musste ich mich abstützen, um nicht umzufallen. Der Arzt folgte uns, blieb hinter mir stehen und beobachtete mich nachdenklich. Warum er sich zu diesem Zeitpunkt entschied, nichts weiter zu unternehmen, ist uns heute noch ein Rätsel.

Am nächsten Tag, das Pflaster klebte zwar auf meinem Rücken, wirkte aber noch nicht, verschlechterte sich mein Zustand nochmals. Sabrina rief den Notarzt, der mich sofort in die nächste Klinik einwies.

Dort angekommen überstand ich die Aufnahme bei einigermaßen klarem Verstand und wurde danach auf mein Zimmer gebracht. Während Sabrina noch Formalitäten erledigte, kam plötzlich ein Pfleger in mein Zimmer gerannt und rief mir zu: »Wir müssen Sie sofort verlegen, wir sind nicht mehr gut genug für Sie.«

Vollkommen irritiert fragte ich ihn, wie er das meine. Ich bekam keine Antwort, der Pfleger zog hektisch die Stecker für das Bett und schob mich auf den Flur. Dort kam die

Oberärztin, die ich von meinen letzten Besuchen in diesem Krankenhaus kannte, nahm meine Hand, drückte sie und sagte: »Es tut mir leid, aber wir müssen Sie auf die Intensivstation verlegen, Sie haben ein komplettes Nierenversagen.«

In diesem Moment gingen bei mir die Lichter aus und ich bekam nur noch Bruchstücke von hektisch geführten Unterhaltungen mit.

»Er hat einen Schock...«

»Sofort anschließen...«

»Legen Sie ihm einen Blasenkatheter...«

»Multiples Organversagen. Wir verlieren ihn...«

»5 ml...«

»Defi, sofort...«

Kapitel 10

Unsere Gartenparty lief. Die Gäste kamen und alle brachten Geschenke mit, die für meinen Geburtstag, aber auch für den Einzug in das neue Haus gedacht waren.

Ein ganz besonderes Geschenk hatte sofort meine volle Aufmerksamkeit.

Ein großes blaues Plastikrohr war Teil eines Spiels, das mir die Schenkenden folgendermaßen erklärten. »Du musst in die Röhre steigen, die dann verschlossen wird. Wir stellen dir Fragen, die du alle richtig beantworten musst. Bei jeder richtigen Antwort sackst du ein Stückchen weiter nach unten, bis du schließlich auf der letzten Stufe bist. Wenn du das Kennwort nennst öffnet sich das Rohr und du kannst wieder heraus.«

»Wie lautet denn das Kennwort?«, fragte ich.

»Das musst du erraten. Mach dir mal keine Sorgen, es ergibt sich aus deinen Antworten.«

»Was passiert, wenn ich das Kennwort nicht errate?«

»Dann hast du ein Problem, denn du kommst nie mehr aus der Röhre heraus. Aber es ist so einfach, das schaffst du locker.«

Das klang logisch und ich war bereit, das Spiel mitzumachen. Plötzlich war ich in der Röhre, fleißige Hände verschlossen den oberen Zugang.

Ich fühlte mich unwohl, leichte Panik machte sich schnell in mir bemerkbar, da kam die erste Frage.

»Wie heißt der weiße Zauberer in „Der Herr der Ringe?"«

Ich antwortete sofort: »Gandalf«.

Ruckartig rutschte ich ein paar Zentimeter nach unten.

»Wer ist der Präsident von Lumakakei?«

Nach kurzem Überlegen antwortete ich: »Blumenkohl«.

Wieder ging es eine Stufe tiefer.

»Ist der Maiskolben ein Insekt oder ein Käfer?«

»Natürlich ein Steak«.

Wieder eine Stufe tiefer.

So ging es gefühlt Stunden weiter. Dämliche und vollkommen sinnlose Fragen erhielten ebensolche Antworten von mir. Jedes Mal schien ich richtig zu liegen, denn nach jeder bescheuerten Antwort rutschte ich eine Stufe tiefer.

Plötzlich ging nichts mehr. Keine Fragen mehr. Stille…

»Was ist denn jetzt? Wann kommt die nächste Frage?«, rief ich laut.

Keine Antwort.

Die Innenwand der Röhre schien sich zu bewegen. Ich beobachtete das Geschehen genau und tatsächlich, die Röhre wurde enger.

»Hey, könnt ihr mich hören? Was ist hier los?«

Ich lauschte, dann hörte ich jemand leise sagen: »Das Kennwort – du musst das Kennwort sagen, sonst wirst du zerquetscht wie eine Fliege.«

Panisch überlegte ich. Was sollte das für ein Kennwort sein. Ich ging die Fragen, sofern ich mich noch an sie erinnerte, nochmal durch, während die Wand der Röhre schon meine eng angelegten Arme berührte. Es fiel mir einfach nichts ein, außer dass ich einmal einen Horrorfilm gesehen hatte, in dem Leute in einem Raum eingeschlossen waren. Auch dort bewegten sich die Wände unaufhaltsam nach innen, die Menschen riefen panisch um Hilfe und wurden trotzdem zerquetscht.

»Verdammt nochmal, ich will hier raus. Das Spiel ist zu Ende, holt mich raus«, schrie ich in meiner ganzen Verzweiflung. Doch nichts geschah, außer dass die Röhre mir nun die Arme an den Leib presste.

Mit den Füßen trat ich, so fest ich konnte, an die Innenwand und stellte dabei fest, dass sich das Rohr asymmetrisch verengte. Meine Füße konnte ich noch bewegen, während meine Arme fest an meinen Oberkörper gefesselt waren. Unterhalb meines Brustkorbs drückte sich das Plastik in den Bauch und presste die Luft aus meinem Stomabeutel heraus. Sofort roch ich das Unheil und meinte, ersticken zu müssen. Die Beutel sind doch absolut dicht und halten sogar aus, wenn ich darauf liegend schlafe. Alles war durcheinander, nichts war noch als normal anzusehen.

Ich trat weiter um mich und endlich hatte ich Erfolg. Das Plastik splitterte, sofort sah ich Licht und bekam wieder Luft. Umgehend versuchte ich aus der Öffnung zu kriechen, doch etwas hing an meinen Armen. Es fühlte sich wie Kabel und Schläuche an. Ich riss daran und tatsächlich konnte ich alle entfernen. Endlich hatte ich mich von meinen Fesseln befreit, aber nun sah ich mich in einem Raum eingesperrt. Eine verschlossene Tür war seitlich von mir, doch bevor ich sie erreichen konnte, rissen mich zwei starke Hände zurück.

»Sie bleiben schön hier!«

Diese Stimme kam mir vollkommen unbekannt vor. Ich wehrte mich mit aller Kraft, trat um mich und versuchte, nach hinten zu schlagen. In diesem Augenblick wurde mir bewusst, dass man mich entführt hatte. Aus einem lustigen Spiel war bitterer Ernst geworden. Meine Kräfte ließen nach und ich fiel in eine unendliche Leere.

* * *

Daba-Da-Die. Daba-Da-Die. Daba-Da-Die.

Dieses Geräusch wiederholte sich ständig und verursachte mir Kopfschmerzen.

Ich öffnete die Augen einen kleinen Spalt. Die Erinnerung erschlug mich fast. Man hatte mich entführt. Gedanken schossen mir durch den Kopf. Wer hatte ein Interesse daran, mir so etwas anzutun? Was bezweckten die Entführer damit? Ging es um Geld? Wir waren doch nicht reich.

Daba-Da-Die. Diese Tonfolge nervte mich gewaltig.

Schemenhafte Gestalten bewegten sich in meinem beschränkten Blickfeld. Sie schienen zu schweben, so fließend waren ihre Bewegungen.

Daba-Da-Die.

Das Geräusch störte beim Nachdenken. Ich versuchte, mehr von meiner Umgebung zu erhaschen. Es misslang. Meine Arme schienen gefesselt zu sein, auch meine Beine konnte ich nicht anheben.

Daba-Da-Die.

»Ist da wer?«

Ich war sicher, dass ich die Worte geschrien hatte, doch in Wirklichkeit kam nur ein leises Flüstern aus meinem Mund. Eine der schemenhaften Gestalten reagierte auf meine Frage und kam näher.

»Wenn Sie mir versprechen, keinen Fluchtversuch mehr zu unternehmen, dann löse ich Ihre Fesseln.«

Ich hatte mich also nicht getäuscht. Ich war an ein bettartiges Gestell gefesselt.

»Versprechen Sie es?«

Ich versuchte, so laut wie möglich, mit »Ja« zu antworten. Bald darauf bemerkte ich, dass ich Arme und Beine wieder frei bewegen konnte.

Daba-Da-Die.

Die Müdigkeit übermannte mich und ich fiel in einen tiefen Schlaf.

* * *

Daba-Da-Die.

Wieder weckte mich dieses schreckliche Geräusch. Was war das?

Mein ganzer Körper schmerzte. Ich öffnete die Augen und sah eine Gestalt vor mir. Sie beugte sich zu mir herunter. Ihr Gesicht befand sich ganz nahe vor meinen Augen.

Aufmerksam studierte ich die Erscheinung. Er oder Es sah aus wie ein Mensch, aber kein einziges Haar war zu sehen, keine Poren in der Haut, keine Augenbrauen. Nur Augen, Nase und Mund waren zu erkennen. Das Wesen konnte nicht menschlichen Ursprungs sein. Schlagartig wurde mir klar, wer mich entführt hatte – es mussten außerirdische Wesen sein.

Hatte man nicht schon oft gehört, dass Menschen behaupteten, sie wären auf Raumschiffe entführt worden und irgendwelche Wesen hätten Versuche mit und an ihnen durchgeführt? War ich jetzt eines dieser Opfer? Gab es Area 51 wirklich? Dieser Gedanke verfestigte sich immer mehr in mir.

Nach kurzer Zeit war das Wesen wieder verschwunden und ich konnte mich umblicken. Meinem Bett gegenüber sah ich eine gelbliche Wand, an der eine Art Küchenzeile angebaut war. Ein Monitor zeigte verschwommene Linien an. An meinem Körper befanden sich Kabel und Schläuche, die hinter mein Bett führten. Also doch, meine schlimmsten Befürchtungen sollten sich wohl bewahrheiten. Es wurden Versuche mit mir durchgeführt. Ich versuchte, meinen Kopf zu drehen um hinter mich zu blicken, doch es misslang. Hilflos lag ich da, meine Gedanken überschlugen sich. Wie konnte ich dieser Situation entkommen? Welche Möglichkeiten hatte ich? Dann hatte ich die Lösung.

Um dieser Folter zu entkommen blieb mir nur eines - ich musste Selbstmord begehen.

Nach einer Weile, in der ich wieder in tiefen Schlaf gefallen war, erwachte ich erneut.

Selbstmord - war mein erster Gedanke. In jungen Jahren hatte ich des Öfteren an diesen Ausweg gedacht und verschiedene Möglichkeiten in Betracht gezogen. Nur so konnte ich diesen Wesen ins Handwerk pfuschen – aber wie sollte ich es anstellen? Fieberhaft überlegte ich und dann fiel mir ein, dass ich in einem Film gesehen hatte, wie sich ein Gefangener selbst umbrachte, indem er seine Zunge verschluckte. Das passte doch zu meiner Situation und war wohl die einzige Möglichkeit. Dieser Plan nahm langsam Gestalt an. Eines der Wesen stand wieder vor mir und schien mich zu beobachten. Ich musste warten, warten bis ich alleine war.

Immer wieder fielen mir die Augen zu.

In meinem nächsten wachen Moment war ich alleine, keines der ominösen Wesen war zu sehen. Sofort dachte ich, dass der Zeitpunkt perfekt wäre, meinen Plan in die Tat umzusetzen. Vorsichtig versuchte ich, meine Zunge zu bewegen und nach hinten zu ziehen. Es misslang, doch ich gab nicht auf. Weitere Versuche brachten ebenfalls nichts. Eine andere Möglichkeit war, sich mit den Fingern die Zunge in den Hals zu schieben. Langsam und vorsichtig hob ich meine Hand und führte sie an den Mund. Es dauerte unglaublich lange, da ich kaum Gefühl im Arm und der Hand hatte. Ich berührte mit den Fingern meine Lippen, was höllisch schmerzte, doch ich überwand den Schmerz und drückte meine Hand in den Mund. Meine Zunge war spürbar, allerdings war es in meinem Mund sehr eng, was an einem harten, für mich nicht identifizierbaren Gegenstand lag, der sich oberhalb meiner Zunge befand und sich auf diese presste. Ich konnte drücken, wie ich wollte, die Zunge ließ sich nicht nach hinten zur Luftröhre bewegen. Während dieser Versuche vernahm ich Geräusche. So schnell ich konnte senkte ich meine Hand und legte sie auf meinem Körper ab.

Die ganze Aktion hatte mich schon wieder dermaßen erschöpft, dass ich umgehend wieder einschlief.

* * *

Daba-Da-Die.

Dieses Geräusch stufte ich mittlerweile als eine bewusste Foltermethode ein. Vielleicht hatten die unbekannten Wesen mein Gehirn verkabelt und wollten meine Reaktionen testen. Erneut öffnete ich die Augen. Zwei Gestalten kamen vor meine Liegestätte, eines der Wesen sprach laut und deutlich zu mir.

»Sie haben Besuch. Schauen Sie mal, wen ich Ihnen mitgebracht habe.«

Verwirrt schaute ich neben den Sprecher und sah Sabrina.

»Was machst du denn hier?«, rief ich aus, denn sofort wurde mir klar, dass sie sich in großer Gefahr befand.

Sabrina beugte sich über mich und gab mir einen Kuss. In diesem Moment sah ich es. Auch sie hatte keinerlei Hautporen, ihr Gesicht war wie aus faltenloser Folie modelliert. Meine Gedanken rasten. WAS war sie? Ein Klon, nach meiner Frau geformt, um mich gefügig zu machen? Es konnte nur so sein. Ich war schockiert und überlegte, was ich tun konnte. Nach einer Weile reifte ein neuer Plan in mir. Ich musste diesen Eindringlingen in unsere Welt irgendwie schaden, ihre Pläne durchkreuzen, mich wehren bis zum bitteren Ende.

Zuerst würde ich dieses Wesen, das meiner Frau so stark ähnelte, töten.

Die Stunden rannen so zäh dahin wie Honig von einem Löffel.

Der Klon meiner Frau saß neben mir und streichelte mir ohne Unterlass den Arm. Ständig auf derselben Stelle. Mit der Zeit wurde es unangenehm und ich versuchte, diesem „Ding" das klar zu machen. Das funktionierte aber nicht, da ich mich immer noch nicht verständlich artikulieren konnte. Fieberhaft überlegte ich, was ich tun konnte, um sie los zu werden. Mit einem leichten Brennen kündigten sich weitere Schmerzen an. Innerhalb gefühlter 5 Minuten schmerzte die Haut an meinem ganzen Körper. Ich presste das Wort »Schmerzen« heraus und tatsächlich, jemand schien mich verstanden zu haben. Eine Gestalt trat vor mich, dieses Mal sah ich einen Bart in seinem Gesicht. Hatten die Außerirdischen dazu gelernt? Wussten sie, dass ich sie durchschaut habe und wollten nun mit angeklebten Bärten menschlicher wirken?

»Wo haben Sie denn Schmerzen?«, wurde ich gefragt.

»Überall…ganzer Körper.«

Die Antwort kam prompt und ziemlich barsch.

»Das kann nicht sein. Ich gebe Ihnen nur Schmerzmittel, wenn Sie mir sagen, was Ihnen schmerzt.«

»Der ganze Körper.«

»Wo genau haben Sie Schmerzen? Ich kann Ihnen nichts geben, wenn Sie mir das nicht sagen.«

Da hatte ich den Salat. Die ganze Haut brannte, vom Hals bis zu den Zehen und das Wesen kapierte das nicht. So schlau waren sie wohl doch nicht. Ich überlegte fieberhaft und erinnerte mich plötzlich, dass mir vor der vermeintlichen Entführung ein Bein schmerzte.

»Das rechte Bein tut weh.«

»Na bitte, geht doch«, merkte das Wesen an. »Nun kann ich Ihnen etwas geben.«

Das Ding, das Sabrina darstellen sollte, saß weiter daneben und streichelte diese eine Stelle an meinem Arm. Ich hoffte, dass das Schmerzmittel auch dieses unangenehme Gefühl unterdrücken würde.

Schlafphasen wechselten sich mit immer längeren wachen Momenten ab. Meine Stimme wurde klarer und verständlicher. Ich begann, Sabrinas Klon nach unserer gemeinsamen Vergangenheit zu befragen. Viele Antworten stimmten, so dass ich langsam zweifelte, ob nicht doch meine echte Frau neben mir saß. Sie konnte aber ebenso genau instruiert worden sein und alles auswendig gelernt haben.

Plötzlich standen mehrere dieser seltsamen Wesen vor mir. Sie waren alle in Weiß gekleidet und tuschelten untereinander. Manches konnte ich verstehen, andere Sätze gingen vollkommen im Gemurmel unter.

»Geben Sie ihm zu trinken, er muss viel trinken«, verstand ich.

Die Wesen gingen und Klon-Sabrina führte mir einen Becher mit Ausguss, gleich einer Schnabeltasse an den Mund.

»Du musst trinken, damit du wieder gesund wirst.« Gesund werden? Ich war doch nicht krank. Nur mein Körper schmerzte ab und zu. Ich war sicher, dass mich meine Entführer nun vergiften wollten. Das ist doch toll, dachte ich für mich. Ich hatte sowieso vor, mich zu töten und nun waren diese Wesen anscheinend meiner überdrüssig geworden und wollten mich auch loswerden.

Innerlich musste ich lachen und war erleichtert, dass mir nun von unerwarteter Seite geholfen wurde. Ich trank aus dem Becher, soviel ich konnte und hatte das Gefäß bald leer getrunken.

»Gut so«, lobte das Sabrina-Ding. »Möchtest du noch mehr?«

Ich nickte und bekam Nachschub. Die Flüssigkeit schmeckte mir, auch wenn sie wohl mit Gift durchsetzt war.

Das andere Wesen kam zurück und brachte einen Teller. Ich konnte nicht sehen, was sich darauf befand.

»Versuchen Sie mal, ob er etwas essen kann.«

Plötzlich wurde mir ein Löffel an den Mund geführt und ich schluckte das Zeug, das sich darauf befand. Es schmeckte nach Grießbrei und zum ersten Mal verspürte ich so etwas wie Hunger. Allerdings schwächte mich das Essen derart, dass ich wieder einschlief.

Als ich das nächste Mal aufwachte, dachte ich, dass mich die Wesen an einem anderen Ort untergebracht hatten. Ich sah einen Gang, einen Schreibtisch, an dem mehrere Leute saßen und vor meinem Bett befanden sich zwei weiblich aussehende Wesen. Ein Mann kam zu mir, betrachtete mich genau und sagte: »Na da ist er ja wieder. Sie sehen schon richtig klar aus.«

Ich war verwirrt. Der Raum mutete wie in einem Krankenhaus an, die Wesen waren wie Schwestern und Pfleger gekleidet und im Hintergrund hörte ich...

Daba-Da-Die.

Es handelte sich um das Klingeln eines Telefons.

Langsam, sehr langsam, begriff ich, dass ich in einem Krankenhaus lag. Hatte man mich befreit, während ich schlief?

»Wir werden Sie heute noch verlegen. Sie kommen in eine andere Klinik, dort gibt es Nierenspezialisten, die Ihnen weiterhelfen können.«

Ich muss den Mann fragend angeblickt haben, denn dann erzählte er mir, was vorgefallen war.

»Sie wurden letzte Woche mit akutem Nierenversagen eingeliefert. Es war gerade noch rechtzeitig, denn kurz nachdem Sie hier auf der Intensivstation waren ist ihr Körper kollabiert. Sie hatten einen Schock und dadurch bedingt ein multiples Organversagen. Kurzzeitig waren Sie tot, wir konnten Sie aber zum Glück reanimieren. Die Ärzte haben fieberhaft nach der Ursache gesucht. Zuerst hatten sie den Verdacht, dass Sie an Ebola oder Lassa-Fieber erkrankt sind, da Sie aus allen Körperöffnungen, auch durch die Haut, geblutet haben. Der Seuchenschutz war informiert, aber bevor Sie in Quarantäne verlegt werden konnten, wurde die Ursache gefunden. Sie hatten eine E-Coli-Vergiftung, auch unter der Bezeichnung EHEC (enterohämorrhagische Escherichia coli) bekannt. Wir haben Sie daraufhin für 5 Tage in ein künstliches Koma verlegt. Jetzt sieht es wieder viel besser aus, Sie werden allerdings eine Nieren-schädigung behalten.«

Ich musste das Gehörte erstmal verarbeiten. EHEC war mir bekannt. Nur wenige Bakterien genügen, um Kleinkinder, alte und geschwächte Menschen erkranken zu lassen. Die Bakterien entwickeln sich im Kot von Tieren, sind für diese ungefährlich, aber für die genannten Menschengruppen ein großes Risiko. Man kann sich schon infizieren, wenn man nur ein Tier streichelt, das die Bakterien auf sich trägt. Andere Möglichkeiten sind die Aufnahme über Speisen, die mit Gülle (Tierausscheidungen) gedüngt sind und nicht richtig gewaschen oder gesäubert wurden und die Aufnahme über mit Kolibakterien verseuchtes Trinkwasser. Die Überlebenschance bei einem schwerwiegenden Verlauf ist sehr gering.

War alles, das ich in letzter Zeit erlebt habe nicht real? War es doch ein Traum oder waren es Halluzinationen? Gab es überhaupt keine Entführung, gab es keine Klone? War das Spiel Teil meiner Gedanken, ein Streich meines Gehirns gewesen?

Ich kam zu der Entscheidung, erst einmal abzuwarten, was weiter passieren würde.

Nach kurzer Zeit traten zwei Sanitäter an mein Bett und besprachen sich mit dem Arzt. Ich wurde auf eine Trage gehoben, wie ich sie aus Krankenwagen kenne und dann nach draußen geschoben. Helle Gänge mit Deckenleuchten schienen an mir vorbeizufliegen. Zuletzt wurde ich in einen Krankenwagen geschoben.

Immer noch dachte ich, das alles könnte Teil des Spiels oder der Entführung sein, obwohl ich doch schon eine logische Erklärung bekommen hatte. Als der Wagen losfuhr beobachtete ich genau die Umgebung, die ich durch die obere, klare Hälfte der Fenster sehen konnte. Straßenschilder kamen mir bekannt vor und nach einer gefühlten Ewigkeit erreichten wir unser Ziel. Als ich aus dem Wagen in ein Gebäude gebracht wurde, erkannte ich Einzelheiten und wusste sogar, wo ich mich befand. Es war die Klinik in der Großstadt, in der ich schon häufiger operiert worden war. Die Sanitäter lieferten mich in der Intensivstation der Klinik ab und verabschiedeten sich.

Eine Ärztin begrüßte mich mit den Worten: »Sie haben ja verdammt viel durchgemacht und unglaubliches Glück gehabt. Jetzt sind Sie in guten Händen. Wir behalten Sie noch einen oder zwei Tage hier, dann können Sie auf die Normalstation verlegt werden.«

Immer wieder ließ ich mir alles Erlebte durch den Kopf gehen. War ich wirklich in der Klinik, oder wurde mir alles vorgegaukelt? Ich blickte zur Wand neben mir. Dort hingen zwei Bilder und eine Uhr. Auf einem der Bilder waren gemalte Blumen zu sehen, das andere zeigte ein Gebäude. Die Uhr, im Stile einer Bahnhofsuhr, erregte mein Interesse.

Sie lief rückwärts.

* * *

In diesem Moment betrat meine Frau den Raum. Nach der Begrüßung wollte ich ihr sofort zeigen, was es mit der Uhr auf sich hatte.

»Beobachte bitte mal die Uhr«, forderte ich sie auf.

Sabrina sah genau hin, konnte aber nichts Außergewöhnliches feststellen. Auch ich sah genau hin. Es gab nichts Besonderes zu sehen. Der Sekundenzeiger lief ganz normal im Uhrzeigersinn. Auch hier schien ich mich getäuscht zu haben.

Der nächste Tag verlief relativ normal, bis ein Arzt in Privatkleidung den Raum betrat.

»Guten Tag, ich bin Neurologe und soll Sie untersuchen. Durch die Erkrankung und das anschließende Koma könnten Sie Schäden an Ihrem Gehirn und in Ihrem Gedächtnis davongetragen haben.«

Das saß. Wollten die mich jetzt für verrückt erklären und in der Psychiatrie verschwinden lassen? Ich beschloss, ganz ruhig zu bleiben und den Anweisungen des Neurologen zu folgen.

Der Mann öffnete ein Mäppchen und zog eine Nadel daraus hervor.

»Ich nenne Ihnen ein paar Dinge und Sie zählen mir die nachher, wenn ich Sie danach frage, wieder auf. Haben Sie das verstanden?«

Ich bejahte.

»Dann beginnen wir. Auto, Haus, Vogel, Gießkanne, Handtuch.«

Ich prägte mir die Worte genau ein.

»Welchen Tag haben wir heute?«

Auf diese Frage war ich nicht gefasst. Woher sollte ich wissen, welcher Tag gerade war. Ich dachte nach. Donnerstags wurde ich eingeliefert, laut der Ärzte lag ich 5 Tage im künstlichen Koma, das wäre der folgende Dienstag, ein Tag in der ersten Klinik wach – Mittwoch, die Verlegung – Donnerstag und nun der folgende Tag.

»Es müsste Freitag sein.«

»Falsch, es ist Samstag.«

Okay, da hatte ich mich wohl um einen Tag vertan, aber wie sollte ich das wissen?

Auto, Haus, Vogel, Gießkanne, Handtuch – nicht vergessen.

»Welches Datum ist heute?«

Wieder rechnete ich nach, diesmal einen Tag mehr und nannte das richtige Datum.

»Wie heißen Sie und wann wurden Sie geboren?«

Eine leichte Aufgabe.

Auto, Haus, Vogel, Gießkanne, Handtuch – nicht vergessen, sonst geht's in die Klapse.

»Spüren Sie das?«

Ich wollte schon fragen, was er damit meinte, da entfuhr mir ein Schrei. Der Arzt hatte mich mit der Nadel in den Oberschenkel gestochen.

»Selbstverständlich spüre ich das. Was soll das? Warum stechen Sie mich?«

»Ich muss überprüfen, ob Ihre Nerven in Ordnung sind.«

Auto, Haus, Vogel, Gießkanne, Handtuch – was, wenn die mich trotzdem wegsperren?

Der nächste Stich ging in die Fußsohle.

Meine Schmerznerven waren anscheinend in Ordnung, aber die Nerven, die mich im Zaum hielten, fingen an zu zerbröseln. Die Tortur ging immer weiter. Fragen wechselten sich mit Stichen in irgendwelche Körperteile ab, bis es mir zu viel wurde.

»Noch ein Stich, und ich ramme Ihnen Ihre Nadel in den Arsch!«, schrie ich den Neurologen an. Er sah mir erschrocken ins Gesicht und meinte kleinlaut: »Wir sind auch fast fertig. Wissen Sie noch die Worte, die ich Ihnen am Anfang unseres Gesprächs nannte?«

»Auto, Haus, Vogel, Gießkanne, Handtuch. Sind wir jetzt fertig?«

»Sehr gut. Ich bin hier fertig. Wenn Sie bemerken, dass Sie sich Dinge nicht mehr merken können oder etwas sehen, das eigentlich nicht sein kann, dann melden Sie sich bitte bei mir.«

Wie wäre es mit Klonen und rückwärts laufenden Uhren? – dachte ich für mich.

Dann verließ er das Zimmer. Klar doch, Dinge sehen, die nicht real sein konnten. Wenn er gewusst hätte, was ich alles gesehen habe, dann hätte er mich wohl gleich eingewiesen.

Kapitel 11

Man kann sich seine Krankheit nicht aussuchen,
aber den Arzt, den man sie behandeln lässt.

An diesem Tag sollte ich auf die Station der II. Medizin verlegt werden. Kurz bevor es soweit war bekam ich etwas zu essen. Am Tag zuvor wurde ich noch gefüttert, da ich meine Arme kaum anheben konnte.

»Können Sie das alleine, oder soll ich Ihnen helfen?«, fragte die Ärztin.

Ich sagte ihr, dass ich es alleine probieren werde. Das Essen, Grießbrei mit Marmelade stand auf einem Tablett auf meinem Bauch. Ich verspürte großen Hunger und freute mich. Als ich versuchte, nach dem Löffel zu greifen, konnte ich meinen Arm nur sehr langsam bewegen. Mit dem gefüllten Löffel in der Hand lag ich schließlich da und kam nicht weiter. Mein Arm gehorchte mir nicht. Panik überfiel mich. Ich versuchte nach der Schwester zu rufen, doch diese war außerhalb des Zimmers. Mein rechter Arm schoss mit dem Löffel nach oben, wobei der Grießbrei durch den Raum geschleudert wurde. Dann fiel der Arm nach unten und ich hatte keinerlei Gefühl mehr darin. Auch meine Finger konnte ich nicht mehr spüren.

Ich rief um Hilfe. Die Ärztin kam ins Zimmer.

»Mein Arm! Ich spüre ihn nicht mehr, ich kann meine Finger nicht mehr bewegen. Alles ist wie gelähmt.«

Die Ärztin rief nach einer Schwester und bat um eine Plastiktüte. Dann wandte sie sich an mich.

»Bleiben Sie ganz ruhig. Sie hyperventilieren gerade.«

Die Schwester kam mit einer Mülltüte und die Ärztin hielt mir diese vor den Mund.

»Atmen Sie ganz ruhig da rein. Es wird gleich besser.«

Ich tat, was sie verlangte und tatsächlich wurde ich ruhiger.

»Spüren Sie Ihre Finger wieder? Versuchen Sie mal, den Daumen zu bewegen.«

Langsam bewegte sich mein Daumen. Nach ungefähr 10 Minuten kam das Gefühl im Arm zurück und ich konnte ihn wieder ganz normal bewegen. Es war erschreckend und ist mir bis heute noch ein Rätsel, wie das alles zusammenhing.

Kurz darauf wurde ich verlegt. Mein Bettnachbar war ein älterer Mann, der ebenfalls schwer an den Nieren erkrankt war. Er musste täglich einige Stunden zur Bauchfelldialyse, so hatte ich das 2-Bett-Zimmer fast für mich alleine. Die Station befand sich in einem alten Gebäude und war dementsprechend ausgestattet. Keine Toilette im Zimmer, keine Dusche und das Handwaschbecken vollgestopft mit großen Beuteln, die die Dialyseflüssigkeit für meinen Bettnachbarn enthielten. Körperpflege war in diesem Zimmer nicht möglich, dazu musste ich das Stationsbad aufsuchen. Für die ganze Abteilung mit über 30 Patienten gab es eine einzige Toilette, die am Ende des Flurs lag.

Eine Ärztin kam, stellte sich vor und erklärte mir das weitere Vorgehen. Meine Blutwerte, besonders der Kreatininwert, der die Tätigkeit der Nieren darstellte, hatten sich stark verbessert. So bestand die Hoffnung, dass ich nicht sofort an die Dialyse musste. Ich war zwar noch dermaßen geschwächt, dass ich mich nur im Rollstuhl fortbewegen konnte, doch mein Zustand verbesserte sich von Tag zu Tag erheblich. Zweimal am Tag wurde mir Blut abgenommen. Weitere Untersuchungen wurden nicht gemacht.

Das Personal dieser Station kam mir von Anfang an überfordert vor. Nur wenige Krankenschwestern und Pfleger waren anwesend, alle wirkten gestresst und gehetzt. Trotzdem waren sie ausnahmslos freundlich, was ich sehr positiv empfand.

Nur die Ärztin erschien mir etwas verwirrt. Oftmals brachte sie Werte durcheinander, kam ins Zimmer, schaute sich um und verließ es wieder, ohne ein Wort zu sagen. Morgens war sie grundsätzlich schlecht gelaunt, schnauzte die Patienten regelrecht an und verschwand in ihrem Arztzimmer, um kurze Zeit danach völlig fröhlich wieder zu erscheinen. Ich hatte einen bestimmten Verdacht und in den nächsten Tagen bemerkte ich, dass hier etwas gewaltig aus dem Ruder lief.

Als ich mich wieder besser bewegen konnte, verbrachte ich viel Zeit im Freien. Es war Sommer, das Wetter dementsprechend sehr schön und ich genoss es, in der Sonne zu sitzen. Eines Mittags, ich saß auf einer der Parkbänke auf dem Klinikgelände, setzte sich ein junger Mann zu mir. Ich sah etliche Kratzer, Schrammen und blaue Flecken in seinem Gesicht. Ein Arm schien gebrochen zu sein, denn er trug ihn in einer Schlinge. Ich fragte ihn, ob er einen Unfall gehabt hätte.

Er lachte gequält und sagte: »Nein, ich bin den Ärzten vom Tisch gefallen, weil ich den Osterhasen fangen wollte.«

* * *

Ich wusste zuerst nicht, ob er einen Scherz gemacht hatte, aber dem war nicht so. Er erzählte mir die ganze Geschichte, die mich stark an meine Erlebnisse im Koma erinnerte.

»Ich bin eigentlich nur für eine Darmspiegelung hier. Vorgestern war es soweit und ich wurde dafür vorbereitet, da ich Spiegelungen nur unter Vollnarkose machen lasse. Ich lag auf dem Untersuchungstisch und wartete längere Zeit. Dann kam endlich der Anästhesist und gab mir die Spritze. Normalerweise schlafe ich sofort ein, aber dieses Mal war es anders. Erst sah ich nur verschwommen und dachte, endlich geht es los. Doch ich schlief nicht. Ich wurde auf ein Geräusch unter dem Tisch aufmerksam, drehte mich herum und wollte nachsehen, was das Geräusch machte. Da saß tatsächlich ein Hase unter dem Tisch. Der sah mich ganz lieb an und sagte: "Ich bin der Osterhase und habe mich verlaufen. Bitte rette mich". Du kannst mir glauben oder nicht, ich weiß, es klingt verrückt, aber es hat sich genauso abgespielt. Ich wollte dem kleinen Kerl helfen und habe mich weiter hinunter gebeugt. Dann fiel ich vom Tisch. Das Ergebnis siehst du ja. Schürfwunden, Kratzer, und eine Prellung am Arm. Das Schlimme aber ist, morgen soll die Spiegelung gemacht werden, wieder unter Narkose. Ich habe richtig Angst davor.«

Die Geschichte klang unglaublich, aber hatte ich nicht ähnliches durchgemacht? Ich erzählte ihm meine Story und er sah sich bestätigt. Erst ein Jahr später sollte ich erfahren, dass zu dieser Zeit ein neues Medikament angewendet wurde und dieses anscheinend bei vielen Patienten Halluzinationen auslöste.

Eines Morgens fand mein Bettnachbar ihm unbekannte Tabletten in seiner Dosierungsbox vor. Als die Ärztin kam, fragte er sie, was das denn für Tabletten seien und wofür die waren.

»Das brauchen Sie nicht zu wissen, es reicht, wenn ich das weiß.«

Für mich war diese Antwort eine Ungeheuerlichkeit, etwas, das überhaupt nicht in Ordnung war.

Die Ärztin verließ den Raum und der Mann sah mich fragend an. Ich erklärte ihm, dass ich mir solch eine Antwort nicht hätte gefallen lassen und dass ich die neuen Tabletten nicht einnehmen würde. Er nahm sie trotzdem ohne weitere Nachfrage.

Auffallend war ebenfalls, dass die Ärztin täglich morgens mit den neuen Bluterergebnissen zu mir kam, mir sagte, dass alle Werte super seien und ich bald entlassen werden könne. Nachmittags erschien sie mit denselben Ergebnissen (es gab in der Zwischenzeit keine weitere Blutentnahme) und eröffnete mir, dass die Werte schlecht seien und ich noch länger bleiben müsse. Irgendetwas stimmte mit Frau Doktor nicht.

Am Wochenende wurden, wie es so üblich zu sein scheint, mehrere Demenzpatienten aus Alten- oder Pflegeheimen eingeliefert. Die Station war an diesen Tagen überfüllt, das Stationsbad, die letzte Möglichkeit sich zu waschen oder zu duschen, wurde zum Krankenzimmer und auf dem Flur standen Betten mit Patienten. Diese armen Menschen schliefen tagsüber und wurden nachts aktiv. Schreie, Poltern und Weinen bestimmten den Ablauf, bei dem nur eine einzige Krankenschwester für zwei Stationen zuständig war.

Als ich eines Nachts das Zimmer verließ, um zur Toilette zu gehen, kam mir auf dem Gang eine mindestens 80-jährige Frau entgegen, vollkommen nackt und streckte mir eine Wasserflasche entgegen.

»Trinken – bitte.«

Die Frau tat mir unendlich leid, ich besorgte ihr eine neue Flasche und brachte sie zurück in ihr Zimmer. Gerade als ich dieses Zimmer verließ, hörte ich Schreie und ein lautes Scheppern. Eine weitere Patientin hatte ihr Zimmer verlassen und den Medikamentenwagen umgeworfen. Aggressiv ging sie dann die kleine und zierliche Nachtschwester an, die gerade in den Flur lief. Ich bot meine Hilfe an und gemeinsam beruhigten wir die Patientin. Während die Schwester auch diese Frau zurück ins Zimmer brachte, las ich die verstreuten Tablettenschachteln auf und räumte den Wagen wieder ein. Danach unterhielt ich mit der inzwischen völlig aufgelösten und weinenden Schwester, die mir das ganze Dilemma ihrer Arbeit erklärte.

Die Nachtschichten waren das Schlimmste, was sie je erlebt hatte. Hilfe bekam sie nur bei Notfällen. Die Bitte nach mehr Personal wurde ständig abgelehnt. Auch die Tagschichten liefen oft aus dem Ruder, da das gesamte Personal ein großes Problem mit der Ärztin hatte. Aggressiv in der Tonart, mit Drohungen gegen einzelne Krankenschwestern und Pfleger, bestimmte diese Frau das Geschehen. Einige Schwestern hätten schon wegen ihr gekündigt. Ich fragte vorsichtig nach dem unterschiedlichen Zustand der Ärztin, der sich innerhalb weniger Minuten am Vormittag von schlecht gelaunt in fröhlich änderte. Die Schwester sah mich an und sagte: »Vom Kaffee kommt dieser Stimmungsumschwung sicher nicht. Das ist hier allgemein bekannt, aber niemand unternimmt etwas dagegen. Wir haben auch schon versucht, mit der Klinikleitung zu sprechen, aber dort stoßen wir auf taube Ohren.«

Nun wusste ich Bescheid. Eine Ärztin, die sich anscheinend irgendwelchen Mittelchen oder Drogen einpfiff, beherrschte die Station. Ich verabschiedete mich von der Schwester und ging in mein Zimmer. In dieser Nacht schlief ich nicht mehr, sondern war in Gedanken versunken. Konnte ich hier irgendwie helfen und wenn ja, wie? Eine süchtige Ärztin, die Patienten sogar die Auskunft zu der geänderten Medikation verweigerte, war in meinen Augen nicht tragbar. Die Entscheidung, was zu unternehmen sei, wurde mir am nächsten Morgen vor Augen geführt.

In der Nacht waren weitere Patienten eingeliefert worden. Da der Platz nicht mehr ausreichte, wurde ein Bett mit einer älteren Patientin in das Arztzimmer, das unserem gegenüber lag, geschoben. Am nächsten Morgen vernahm ich ein lautes Geschrei.

»Was sucht die Patientin in meinem Zimmer?«

In diesem Moment krachte etwas mit einem lauten Knall gegen unsere Zimmertür. Die Ärztin hatte ihren Dienst angetreten und das Bett mit der Patientin in ihrem Büro vorgefunden. Ich lief sofort zur Tür, öffnete und sah das Bett mit der darin liegenden Patientin direkt an unserer Tür stehen.

162

Die Ärztin hatte es mit Wucht aus ihrem Büro geschoben und schrie nun das Personal an.

»So etwas kommt nie mehr vor! Haben wir uns verstanden? In mein Büro kommt keine Patientin.«

Eine Krankenschwester wagte es, zu widersprechen.

»Aber wir wussten doch nicht wohin mit ihr. Alles war überfüllt und wir konnten die Patientin ja nicht ins Freie legen.«

»Die Patientin ist mir scheißegal! Raus hier, sonst passiert was Schlimmes!«

Ich dachte, mein Gehör hätte mir einen Streich gespielt, aber alles hatte sich genau so zugetragen. Für mich der Grund, sofort die Klinik zu verlassen. Als die Schwester kam, um das Frühstück zu bringen, informierte ich sie, dass ich noch am Vormittag abgeholt werde. Sie solle mir die Erklärung bringen, dass ich die Klinik auf eigenen Wunsch und eigene Gefahr verlasse. Dieses Schreiben muss man unterzeichnen, damit die Klinik aus der Haftung ist. Kurze Zeit später stand die Ärztin im Zimmer.

»Sie wollen wirklich gehen? Sie wissen schon, dass Sie schwer krank sind?«

Ich sah sie an und erklärte ihr, dass ich unter solchen Umständen und mit ihr als zuständige Ärztin auf keinen Fall hierbleiben würde. Ihre Antwort fiel dementsprechend kalt aus.

»Dann gehen Sie doch endlich. Gut so. Einer weniger, dem es hier nicht passt.«

Danach verließ sie den Raum. Kurze Zeit später kamen zwei Krankenschwestern zu mir und baten mich um ein Gespräch. Auch sie erläuterten mir die Probleme und das Mobbing, dass sie unter dieser Ärztin täglich erleben mussten. Beide baten mich, bei der Klinikleitung vorzusprechen und mich über die Ärztin zu beschweren. Ich sagte sofort zu.

Nachdem ich meine Sachen gepackt, mich von meinem Zimmernachbarn und dem Personal verabschiedet hatte, ging ich zur zuständigen Klinikleitung. Der Professor war leider nicht anwesend, so schilderte ich seiner Sekretärin die Vorfälle. Diese versprach mir, den Professor sofort zu unterrichten, sobald er zurück wäre.

Sabrina holte mich ab und wir fuhren nach Hause. Ich war froh, endlich wieder in meine gewohnte Umgebung zu kommen, was, glaube ich, jedem Patienten so geht. Noch während der Fahrt bekam ich einen Anruf auf meinem Handy. Die Sekretärin hatte Wort gehalten, ihren Chef informiert und dieser hatte mich sofort angerufen.

Der Mann hörte geduldig meinen Schilderungen zu, entschuldigte sich mehrmals für das unsägliche Verhalten der Ärztin und bot mir an, wieder in die Klinik zu kommen. Er würde mich auf einer anderen Station unterbringen. Ich lehnte ab, denn ich hatte fürs Erste von dieser Klinik genug. Daraufhin erklärte er mir, dass ich im Falle gesundheitlicher Probleme im Zusammenhang mit meinen Nieren, ihn jederzeit anrufen könnte. Was er bezüglich der Ärztin unternehmen würde, verriet er mir nicht.

Montags darauf bekam ich einen Anruf meines Zimmernachbars.

»Stell dir mal vor, die haben einen neuen Stationsarzt. Die Schwestern sind alle froh, dass sie die Ärztin endlich los sind. Ich soll dich vom ganzen Personal ganz lieb grüßen.«

Der Professor hatte tatsächlich auf meine Beschwerde reagiert, was mich sehr freute. Man muss sich eben nicht alles gefallen lassen.

Kapitel 12

*Es ist besser, eine Versicherung zu haben
und nicht zu brauchen, als eine zu
brauchen und nicht zu haben.*
Unbekannt

Für Sabrina war diese ganze Zeit äußerst schwierig und kraftraubend. Sie erzählte mir später, dass sie vollkommen verzweifelt war, als sie am Tag der Einlieferung in mein Stationszimmer zurückkam und ich nicht mehr drin lag. Niemand vom Personal konnte ihr sagen, wo mich die Oberärztin hingebracht hatte. So fragte meine Frau sich durch das ganze Krankenhaus, bis sie mich endlich auf der Intensivstation fand. Die Ärzte machten ihr keine Hoffnung, dass ich die Infektion überleben würde. Die ganzen Tage, in denen ich im Koma lag, saß sie bei mir am Bett und bangte um mich. Als ich die ersten Worte mit ihr wechseln konnte, war Sabrina irritiert von meiner Aggressivität und den vielen Fragen, die ich ihr stellte. So kannte sie mich nicht, aber sie wusste natürlich nicht, in welcher Welt ich gefangen war. Es tut mir heute noch weh, wenn ich daran denke, dass ich sie, ohne mit der Wimper zu zucken umgebracht hätte, wenn es mir möglich gewesen wäre.

Durch diese Erlebnisse habe ich nun auch eine andere Sicht auf Menschen, die behaupten Stimmen hätten ihnen befohlen, Menschen zu töten oder andere, schlimme Dinge zu machen. Ich denke, dass man ein menschliches Gehirn durch Botenstoffe, wie sie auch in Medikamenten zu finden sind, beeinflussen kann.

Eine solche Tortur möchte ich nie mehr erleben und ich wünsche sie nicht einmal meinem ärgsten Feind, auch wenn man es übersteht und danach ein schönes Leben haben kann.

* * *

Langsam erholte ich mich von der EHEC-Erkrankung. Ich musste nun in regelmäßigen, kurzen Abständen zur Blutkontrolle und sollte dringend einen Termin bei einem Nierenspezialisten machen. So meldete ich mich bei einem Nierenzentrum in der Nähe. Ich bekam relativ schnell einen Termin, nachdem ich der Mitarbeiterin mein Problem geschildert hatte.

Bald kam der Tag und Sabrina und ich fuhren gemeinsam zur Praxis. An der Anmeldung nannte ich meinen Namen und dass ich einen Termin bei der zuständigen Ärztin hatte. Alle Papiere aus der Klinik hatte ich dabei und legte sie vor. Ich wurde in ein Wartezimmer gebeten. Dort wartete ich darauf, dass man mich ins Arztzimmer bitten würde.

Nach einer geraumen Weile kam eine Arzthelferin und sagte zu mir: »Sie können gehen. Die Frau Doktor hat keine Zeit und wir haben auch keinen Platz für Sie.«

»Warum denn das? Ich habe doch einen Gesprächstermin und am Telefon hatten Sie mir gesagt, dass Sie Kapazitäten frei hätten.«

»Das hat sich halt geändert. Hier sind Ihre Papiere, suchen Sie sich ein anderes Nierenzentrum.«

Das hatte gesessen. Man macht also einen Termin, alles wird bestätigt, man nimmt sich die Zeit, fährt die Strecke und dann wird man mit einer lapidaren Begründung vor die Tür gesetzt. Ich war sprachlos, hilflos und dementsprechend wütend. Dann ließ ich einen Versuchsballon steigen.

»Wird man als Privatversicherter so bei Ihnen behandelt?«

Die Arzthelferin sah mich verdutzt an.

»Sie sind privatversichert? Ich dachte, Sie wären bei der AOK. Moment bitte, gehen Sie noch nicht...«

Schnell lief sie zum Empfang und sah auf den Computerbildschirm. Dann blickte sie auf und sah mich böse an.

»Sie sind ja doch bei der AOK versichert!«

Ich lächelte und sagte: »Ich habe ja auch nichts anderes behauptet. Ich wollte nur sehen, wie Sie reagieren. Schönen Tag noch.«

Der Blick, den sie mir zuwarf, linderte die ganze Enttäuschung und einmal mehr erlebte ich, wie unser Gesundheitssystem funktionierte.

Ich suchte weiter nach einem Nierenarzt und fand einen sehr guten in einem Ärztehaus in der nächsten Großstadt. Dort wurde ich eingehend untersucht. Im Abschlussbericht stand, dass ich mit meinen Werten eine Niereninsuffizienz Stadium 3 hätte, allerdings noch keine Dialyse notwendig wäre. Seitdem pendelt mein Kreatinin-Wert zwischen 1,5 und 2,0 mg/dl, der normale Wert in meinem Alter liegt zwischen 0,81 und 1,44 mg/dl. Um meinen Wert zu halten muss ich natürlich bestimmte Regeln einhalten. Die Wichtigste davon ist, viel zu trinken, am besten täglich über 3 Liter. Manchmal fällt mir das sehr schwer, denn 3 Liter sind eine Menge Flüssigkeit. Eiweißarme Ernährung ist ebenfalls ein Faktor, der den Kreatinin-Wert niedrig halten kann. Wenn man all diese Regeln beachtet, hat man die Chance, dass sich die Tätigkeit der Nieren nicht allzu schnell verschlechtert.

Noch ein paar Sätze zu meiner Nahtoderfahrung.

Mehrere Personen haben mich gefragt, ob ich etwas gesehen hätte, ob ich vielleicht in eine andere Welt geglitten sei. Ich war in der Tat kurzzeitig nicht mehr unter den Lebenden. Davon habe ich nichts gespürt oder bewusst wahrgenommen. Kein Licht, auf das ich zuging, kein Tunnel, der mir den Weg in den Himmel oder ins Paradies wies. Es war einfach nur ein tiefer Schlaf. Vielleicht existieren solche Dinge nur in der Phantasie der Menschen, in der Hoffnung auf Vergebung. Vielleicht habe ich nichts gespürt oder erlebt, weil ich nicht gläubig bin - ich weiß es nicht.

Jeder Mensch hat seinen ganz eigenen Bezug zu einer vielleicht existierenden höheren Macht und das ist auch so in Ordnung. Vielen Menschen gibt der Glaube Halt und Kraft. Bewahren Sie sich Ihren Glauben.

Kapitel 13

Die Selbsttötung ist die leidenschaftlichste
Entscheidung für das Selbst.
Unbekannt

Mein Vater hatte mich vor ein paar Jahren informiert, dass er an Lungenkrebs erkrankt sei. Es war die dritte Krebserkrankung, die beiden anderen hatte er gut überstanden. Und nun dies. Er als militanter Nichtraucher bekam ausgerechnet diese Krankheit.

Nach einer Lungenoperation begannen die Behandlungen. Eine Chemotherapie schloss sich an die andere an, die Bestrahlungen machten ihm ebenfalls sehr zu schaffen. Eines Tages brach er im Haus zusammen, weil er seine Beine nicht mehr spürte. In der Klinik wurde über die Ursache gerätselt. Während der Untersuchungen wurden die Hände meines Vaters taub, so dass er auch diese nicht mehr bewegen konnte. Die Lähmung breitete sich in seinem Körper aus. Dann stand die Diagnose fest. Durch die Nebenwirkungen der letzten Chemotherapie war er am Guillain-Barré-Syndrom erkrankt, eine Lähmung, die sehr schnell den ganzen Körper erfasste. Sofort wurde er auf die richtigen Medikamente eingestellt und in einer Rehaklinik untergebracht. Dort besserte sich sein Zustand, allerdings äußerst langsam. Als er nach vielen Wochen aus der Rehaklinik entlassen wurde, fuhr ich ihn zu den anschließenden Untersuchungen oder für die Chemo ins Krankenhaus. Bei der letzten dieser Fahrten wollte er, dass ich mit ihm zum Arztgespräch ging. Ich wunderte mich darüber, wollte er doch bisher immer alleine zum Gespräch gehen.

Der Arzt hatte keine guten Nachrichten.

»Ich muss Ihnen leider mitteilen, dass wir nichts mehr für Sie tun können. Wir haben sämtliche Chemotherapien durch, doch die Tumore haben sich nicht verändert. Es tut mir leid, wir können Ihnen nur noch partiell mit Schmerzmitteln oder anderen Medikamenten zu Linderung Ihrer Beschwerden helfen.«

Ein Schock für uns beide, auch für mich. Solch eine Nachricht zu bekommen ist wohl das Schlimmste, was einem Menschen widerfahren kann. Bedrückt verließen wir die Klinik und ich fuhr meinen Vater nach Hause. Während der Fahrt sprachen wir über die Diagnose und ich machte den Fehler, diesen einen Satz zu sagen.

»Momentan geht es dir doch körperlich noch einigermaßen gut. Nutze die Zeit und verbringe sie mit dem, was dir Spaß macht.«

»Bist du blöde? Ich verrecke und du kommst mir mit so einem dämlichen Satz? Du hast ja gut reden, du bist ja nicht krank!«, schrie mich mein Vater an.

Ich schwieg und setzte ihn ab.

Ein paar Tage später bat er mich, einen Angelausflug mit ihm zu machen. Möglicherweise hatte er sich doch noch einmal durch den Kopf gehen lassen, was ich ihm gesagt hatte. Ich sagte zu und fuhr ein paar Tage mit ihm an ein Gewässer in Tschechien. Dort konnte ich beobachten, dass sich sein Zustand täglich verschlechterte. Die guten Phasen wurden immer seltener. Oft stieg er von seinem Stuhl und legte sich einfach auf den Boden, um zu schlafen.

Empfand ich Mitleid? Nein, das kann ich nicht behaupten. Ich spürte kein Mitleid mit diesem Menschen. Zu viel war passiert und immer noch ließ er mich seine Verachtung für Sabrina spüren. Natürlich fragte ich mich, warum ich das alles für ihn tat. Nach allem, was er mir angetan hatte, dachte ich immer noch, dass ich ihm etwas schuldig wäre – er war doch trotz allem mein Vater.

Als ich ihn wieder zu Hause absetzte, bedankte er sich bei mir, etwas, das äußerst selten vorkam. Ich wusste, dass ich ihm mit dem Ausflug einen letzten Gefallen getan hatte.

Ein Monat ohne persönlichen Kontakt verging. Telefonisch erfuhr ich, dass der Krebs nun in seinen Kopf gestreut hatte. Mein Vater musste sich ein Gestell anpassen lassen, damit die Metastasen bestrahlt werden konnten. Das war am Ende zu viel für ihn.

* * *

Es war ein schöner Morgen im Sommer, wir arbeiteten im Garten, als mein Handy klingelte.

»Komm schnell, der hat sich erschossen!«, rief eine völlig gefühlskalte Stimme aus dem Hörer.

Im ersten Moment wusste ich weder wer am Telefon war, noch was dieser Satz zu bedeuten hatte. Erst langsam wurde mir klar, dass meine Stiefmutter am Telefon war.

»Hast du die Polizei und den Notarzt gerufen«, wollte ich wissen.

»Die sind schon da. Jetzt schaff´ dich her!«

Ich verstand nicht, warum ich jetzt so „schnell" kommen sollte und informierte erstmal Sabrina. Wir stellten unsere Gartenarbeit ein und ich setzte mich hin und rauchte in aller Ruhe eine Zigarette. Mein Vater hatte immer gesagt, dass er selbst entscheiden werde, wann Schluss ist. Ich kann das verstehen und bin mit dieser Einstellung vollkommen einverstanden. Wieso ein derartiges Leiden, das ohne Aussicht auf Heilung oder Linderung ist, noch künstlich verlängern? Die einzigen, die davon profitieren, sind doch die Pharmakonzerne. Der Patient wird oftmals künstlich solange am Leben gehalten wie es nur geht, obwohl keine Hoffnung mehr besteht, egal wie er sich dabei fühlt.

Nachdem ich fertig geraucht hatte, zog ich mich um und fuhr zu meinem Elternhaus. Dort standen mehrere Polizeifahrzeuge, ein Krankenwagen sowie das Fahrzeug eines Bestattungsinstituts.

Nachdem ich geparkt hatte ging ich zur Haustür. Diese stand weit offen und das erste, das ich registrierte, war Blut. Viel Blut.

Der ganze Hauseingang inklusive der Treppe war blutverschmiert. Selbst am Treppengeländer gab es blutige Handabdrücke. Linker Hand befand sich der Eingang zum Keller, auch dort auf der Treppe und an der Tür - Blutspuren. Ich dachte, sieht es so aus, wenn sich jemand erschießt? Das konnte ich mir nicht vorstellen. Für mich sah es aus, als wäre jemand blutend, verletzt, durch das Haus gejagt worden.

Vorsichtig ging ich die Treppe hoch. Dabei achtete ich darauf, nichts anzufassen und nicht in das Blut zu treten. Ich erreichte den Eingang zur Wohnung. Auch dort stand die Tür offen und ich hörte gedämpfte Stimmen. Der lange Flur zum Wohnzimmer hin – voller Blut. Es roch metallisch in der Wohnung, was sich auch sofort als Geschmack in meinem Mund festsetzte. Den Blutspuren ausweichend lief ich zum Wohnzimmer, durch die offene Tür sah ich hinein. Mehrere Personen standen in dem großen Raum, ein Karabiner lehnte an der Wand. Auf dem Sofa saß mein Vater, es machte den Anschein, als würde er schlafen. Seitlich an seinem Kopf sah ich eine große Wunde. Ein Sanitäter kniete vor ihm auf dem Boden und hantierte an seinem Koffer. Die anderen Personen sahen zu, keiner bemerkte mich. Dann drehte ich mich um und ging in das Esszimmer, von wo ich auch leise Stimmen hörte.

Im Esszimmer saß meine Stiefmutter am Tisch und unterhielt sich mit zwei Frauen. Diese waren von der Nothilfe des DRK und wurden wohl von der Polizei zur Unterstützung gerufen.

»Da bist du ja endlich!«, rief meine Stiefmutter. »Du rufst jetzt deinen Bruder an und sagst ihm Bescheid.«

Ich ignorierte sie und ihre Anweisung und stellte mich den beiden Damen vor. Diese sprachen mir ihr Beileid aus. Dann setzte ich mich und fragte meine Stiefmutter, was überhaupt passiert sei. Ich wollte für das viele Blut im Haus eine Erklärung haben.

»Der hat sich erschossen. Erst im Keller, dann hier oben nochmal. Schau dir mal die Sauerei an, die er hier gemacht hat. Hätte er nicht im Keller bleiben können?«

Schockiert sah ich sie an. Ihr Mann, mein Vater, hatte sich gerade erschossen und sie machte sich Sorgen wegen der Verunreinigung? War sie wirklich dermaßen gefühlskalt? Ja, das war sie und in den nächsten Tagen sollte ich sie erst richtig kennen lernen. Sie redete weiter.

»Der hat extra gewartet, bis ich einkaufen gefahren bin. Als ich zurückkam, habe ich ihn gerufen, damit er mir die Einkäufe reinträgt. Aber er ist nicht gekommen. Da habe ich schon gewusst, dass etwas nicht stimmt. Ich bin dann reingelaufen und habe ihn gefunden. So eine Sauerei zu machen…«

Sprachlos sah ich die beiden Nothelferinnen an. Beide blickten betroffen zu Boden. Bevor ich etwas Passendes erwidern konnte, betrat ein Mann in Zivil das Zimmer. Er sah mich und fragte nach meinem Namen. Ich stellte mich vor und erfuhr, dass er der leitende Kommissar der Mordkommission war. Mordkommission? Ich fragte ihn, warum die Mordkommission hier ermittelt und er erklärte mir, dass sie bei einem unnatürlichen Todesfall immer hinzugezogen werden.

Seine erste Frage an mich war, ob ich wüsste, dass mein Vater illegale Waffen im Haus hatte. Natürlich wusste ich das nicht, auch die Frage nach der Herkunft des Gewehres konnte ich somit nicht beantworten. Im weiteren Verlauf der Befragung erzählte ich ihm, dass mein Vater Krebs im Endstadium hatte und ich seine Tat nachvollziehen konnte.

Dann war es an mir, die Frage zu stellen, die mir die ganze Zeit durch den Kopf ging.

»Können Sie mir erklären, was hier genau passiert ist? Mein Vater sitzt im Wohnzimmer, aber das ganze Haus erstarrt in Blut.«

»Das wissen wir noch nicht genau, dazu müssen wir erst mit der Spurensicherung fertig sein. Es sieht so aus, als hätte sich ihr Vater im Keller den ersten Schuss mit dem Gewehr gesetzt. Ein Herzschuss, der glatt durch ging und ihn anscheinend nicht tötete. Dann lief er mit dem Gewehr unterm Arm die Treppe vom Keller hoch. Über das Treppenhaus gelangte er zur Wohnung und ins Wohnzimmer, wo er sich sitzend den zweiten Schuss setzte. Auf der Treppe muss er ausgerutscht und mit dem Kopf an das Geländer geschlagen sein. Daher rührt auch die böse Kopfwunde, das sieht sogar nach einem Schädelbruch aus. Mehr kann ich im Moment nicht dazu sagen.«

Ich musste das Gehörte erstmal verarbeiten, fragte aber, ob das alles überhaupt so möglich sei.

»Das müssen die Gerichtsmediziner klären. Ich habe etwas in der Art jedenfalls noch nicht gesehen. Da ihr Vater aber sehr krank war, kann ich mir schon vorstellen, dass es sich genau so zugetragen hat.«

Irgendwie glaubte ich nicht an diese Version, zumal das Gewehr, das ich gesehen hatte, sehr lang gewesen ist. Kam mein Vater mit seinen kurzen Armen überhaupt an den Abzug, wenn er das Gewehr auf sich selbst richtete? Mit den Zehen konnte er ihn jedenfalls nicht betätigt haben, denn ich hatte die Schuhe an seinen Füßen gesehen.

Meine Stiefmutter riss mich aus meinen Gedanken.

»Jetzt ruf endlich Hannes an und informiere ihn. Ach ja, Papas Verwandtschaft und seine Freunde rufst du jetzt auch gleich an. Ich mache das nicht.«

Wie in Trance nahm ich das Telefon und wählte Hannes´ Nummer. Er war sofort am Apparat und ich informierte ihn. Er glaubte mir zuerst nicht, sagte mir aber dann, dass er jetzt keine Zeit habe, herzukommen. Keine Zeit? Nein, er sei jetzt gerade mit ein paar Kumpels unterwegs und würde sich am nächsten Tag melden.

Ich verstand die Welt nicht mehr.

* * *

Auch der Bruder meines Vaters zeigte sich erst ungläubig. Er habe doch erst am Vortag noch mit ihm telefoniert und alles sei gut gewesen. Freunde reagierten dagegen schon etwas „normaler".

»Hast du jetzt endlich alle angerufen?«, fragte meinen Stiefmutter ungeduldig. Als ich ihre Frage bestätigte, forderte sie mich auf, für die ganzen Leute im Haus Kaffee zu machen. Die würden bestimmt gerne eine Tasse trinken. Das war für mich der Moment, das Zimmer wortlos zu verlassen.

Ich lief zurück zur Haustür, stoppte aber vor dem Kellereingang und ging hinunter. Auch hier war alles blutig. Das ganze Geschehen, wie es vom Kommissar geschildert wurde, kam mir surreal vor. Mein Vater musste nach dem ersten Schuss einen langen Gang entlanggelaufen sein. Danach 10 Treppenstufen ins Treppenhaus überwinden. Auf den weiteren 3 Treppenabsätzen war er irgendwo gestürzt, hatte sich den Schädel eingeschlagen, sich wieder aufgerappelt und ist weitergelaufen? Nach vielen Stufen kam der lange Flur ins Wohnzimmer, dort setzt er sich gemütlich auf die Couch, um sich erneut zu erschießen? Ich konnte und wollte diese Version nicht akzeptieren.

Letztlich ging ich aus dem Haus und setzte mich in den Hof. Ich wollte meine Stiefmutter im Moment einfach nicht mehr sehen, sonst wäre ich wohl ausgerastet. Mit meinem Handy rief ich Sabrina an und informierte sie. Meine Frau fuhr mittlerweile auch nebenbei für dasselbe Unternehmen wie ich und da sie nachmittags eine Tour fahren musste, bot sie sich an, vorher bei mir vorbeizukommen. Darüber freute ich mich sehr, ich benötigte ihre Unterstützung in diesem Moment mehr denn je.

Als ich auflegte kamen die zwei Mitarbeiter des Bestattungsinstituts aus dem Haus. Mit den Händen trugen sie einen schwarzen Leichensack mit meinem Vater darin. Das war es also, dachte ich. So tragen sie dich auch einmal aus dem Haus und packen dich ins Auto. Ab zur Verbrennungsanlage.

Mein Vater wurde allerdings erstmal ins Gerichtsmedizinische Institut gebracht. Ob eine Obduktion angeordnet werden sollte, war noch nicht entschieden. Ich hoffte, dass sie die Obduktion durchführen würden und so etwas mehr Klarheit in diesen tragischen Fall kommt.

Eine der Damen der Nothilfe kam zu mir und wir unterhielten uns. Die Zeit verging, Sabrina kam und ich hatte etwas Ablenkung. Dann rief mich meine Stiefmutter wieder ins Haus.

Der Kommissar stand mit einem kleinen Zettel in einer Klarsichttüte in der Küche.

»Ist das die Handschrift Ihres Vaters?«

Ich sah auf den Zettel. Es war eine Art Abschiedsbrief. Zwei Sätze auf einen Zettel gekritzelt, mehr nicht. Ich wollte gerade antworten, dass ich die Schrift nicht erkannte, da rief meine Stiefmutter dazwischen.

»Natürlich ist das seine Handschrift!«

Ich war mir nicht sicher, äußerte mich allerdings nicht. Ich kannte die Handschrift meines Vaters, hatte ich sie doch als Schüler oft genug gefälscht, wenn ich Schulverweise unterschrieben habe. Aber ich dachte auch an den Stress, den ein Mensch haben musste, wenn er sich gerade entschloss, dass er sich gleich das Leben nimmt. Da kann die Schrift sicher schonmal unleserlich sein.

Der Kommissar eröffnete uns, dass das Haus bis zum Abschluss der Ermittlungen versiegelt werden müsse. Wir durften es von nun an nicht mehr betreten. Mir blieb nichts anderes übrig, als meiner Stiefmutter anzubieten, für diese Tage zu uns zu ziehen. Eine Entscheidung, die ich überhaupt nicht gerne traf. Nachdem sie ein paar Sachen zusammengepackt hatte, fuhren wir los. Der Abend verlief ruhig. Mein Halbbruder ließ sich nicht blicken, es gab wohl Wichtigeres für ihn.

Plötzlich sagte meine Stiefmutter: »Musste der das gerade heute machen? Am Sonntag habe ich Geburtstag und er sollte doch die ganze Arbeit machen. Die Gäste sind eingeladen und ich kann doch nicht alles organisieren. Ich werde aber auf jeden Fall feiern, von dem lasse ich mir meinen Geburtstag nicht versauen. Er hätte ja noch eine Woche warten können.«

Sabrina und ich schauten uns nur an. Ekel vor dieser Frau stieg in mir hoch.

»Wir feiern hier«, sagte sie fordernd.

»Ich werde hier ganz sicher keine große Feier für dich veranstalten. Du kannst, wenn es unbedingt sein muss, ein paar Leute einladen und bei uns im Garten feiern, aber ich glaube nicht, dass jemand dazu Lust hat.«

»Das machen wir«, sagte sie und strahlte über das ganze Gesicht. Ich hätte hineinschlagen können, hielt mich aber zurück. Zu tief saß das Erlebte in mir und ich wollte keine Eskalation, nicht an diesem Tag.

Kapitel 14

Das größte Übel der Menschen
ist ihre Unersättlichkeit.
Menander (341 v.Chr. – 290 v.Chr.)

D ie nächsten Tage verbrachte ich mit Behördengän-
gen. Überall kutschierte ich meine Stiefmutter hin
und regelte alles in ihrem Sinn. Mein Halbbruder hatte wohl
immer noch nicht kapiert, dass er gebraucht wurde. Er kam
vorbei und teilte uns mit, dass er jetzt erstmal in Urlaub fahren würde. Es war mir von vornherein klar, dass ich von ihm
keine Hilfe zu erwarten hatte, aber diese Dreistigkeit über-
traf alle Befürchtungen.

Nach 3 Tagen wurde das Haus von der Kripo wieder
freigegeben. Es gab keinerlei Anhaltspunkte für ein Verbre-
chen, wurde uns mitgeteilt. Eine Obduktion wurde nicht
durchgeführt, da der rekonstruierte Ablauf durchaus so
möglich sei. Die Leiche wurde freigegeben. Mir stieß das
alles etwas bitter auf.

Nachdem das Haus wieder betretbar war, kamen die
Mitarbeiter des Beerdigungsinstituts und reinigten die blut-

verschmierten Bereiche. Währenddessen saßen wir im Garten und meine Stiefmutter sah sich die Unterlagen der Bank an. Plötzlich strahlte sie über das ganze Gesicht und sagte: »Hey, ich bin eine reiche Witwe! Schaut mal, wie viel Geld ich jetzt habe. Da bin ich für jeden eine gute Partie.«

Ich nahm das wortlos hin. Jede mögliche Äußerung von mir hätte die Luft explodieren lassen.

Nachdem uns ein Mitarbeiter des Reinigungstrupps gesagt hatte, wir dürften wieder in das Haus, gingen wir hinein. Es stank fürchterlich nach Desinfektionsmittel und meine Stiefmutter kontrollierte sofort, ob auch alles blitzblank geputzt war.

»Hier ist noch ein Blutfleck.« Sie zeigte auf das Sofa. »Das wollte ich eigentlich behalten, können die nicht mal richtig putzen?«

Mittlerweile hatte ich mich an ihre völlige Empathielosigkeit und die dreisten Aussagen wieder gewöhnt, kannte ich solche Dinge doch schon lange aus früheren Zeiten. Sie suchte weiter nach kleinsten Flecken und wurde auch fündig.

»Der Boden muss raus. Ich wollte schon lange Laminat in der Wohnung, aber der war ja zu faul dazu. Ich will aber keine Handwerker bezahlen, das können doch Hannes und du machen, oder?«

Ich war so dumm, und sagte zu, nur um meine Ruhe zu haben.

* * *

Der Sonntag kam und meine Stiefmutter feierte fröhlich ihren Geburtstag bei uns im Garten. Nur zwei ihrer Bekannten waren erschienen, den anderen war eine Feier, so kurz nach dem Tod meines Vaters wohl zu pietätlos. Eine der Frauen von der Nothilfe erschien ebenfalls und brachte einen selbstgebackenen Kuchen mit, wofür sich das Geburtstagskind nicht einmal bedankte. Die Frau nahm mich beiseite und fragte mich, ob meine Mutter immer noch geschockt sei. Ich sagte ihr die Wahrheit, nämlich dass es keinesfalls ein Schock ist, sondern unverhohlene Freude. Die Frau umarmte mich und ging. Hier möchte ich noch anmerken, dass die beiden Nothelferinnen unheimlich nett und einfühlend waren. Sie boten uns jede Hilfe an, und das taten sie alles in ihrer Freizeit. Chapeau!

* * *

Die Beerdigung meines Vaters verzögerte sich, da das örtliche Krematorium überlastet war. Dann kam der Termin der Beisetzung und wir fuhren zum Friedhof. In der kleinen

Kapelle war es heiß und stickig. Der Pfarrer hielt eine ewig lange Rede über Jesus, der für uns alle gestorben sei, um unsere Sünden auf sich zu nehmen. Ich dachte, schön, dann muss ich meine Sünden ja eigentlich nicht selbst büßen. Nach einer gefühlten Stunde, mein Halbbruder hatte sich die ganze Zeit leise mit seiner Freundin unterhalten, gingen wir zu der Urnenwand. Nochmals sprach der Pfarrer über sein Lieblingsthema, dann wurde die Urne in das Fach gestellt. Ein bisschen Weihwasser darüber, schon war mein Vater von all seinen Sünden freigesprochen.

Nach dem Leichenschmaus, einer Veranstaltung, die ich hasse und regelmäßig verweigere, fuhren wir unsere Stiefmutter nach Hause. In den Tagen nach dem Tod meines Vaters waren viele Briefe mit Beileidsbekundungen und Geld eingetroffen. Auch aus dem Sammelkasten auf dem Friedhof waren etliche Umschläge dazu gekommen. Kaum im Haus, verlangte meine Stiefmutter, dass wir in ihrem Beisein alle Briefe öffneten. Sie wollte wissen, wieviel Geld sie bekommen hatte.

»Hannes, du öffnest die Briefe. Jochen, du notierst genau, wer wieviel gespendet hat. Ich brauche das schriftlich, damit ich weiß, was ich wem spenden muss, wenn da einer stirbt.«

Es war so perfide, dass mir die Worte fehlten. Wir taten, was uns aufgetragen wurde. Ich wollte nur noch so schnell wie möglich hier weg.

Anerkennendes Nicken, aber auch Empörung, wenn der Meinung meiner Stiefmutter nach zu wenig Geld oder gar kein Geld gegeben wurde, war nun angesagt. Nachdem alles ausgezählt und notiert war, sagte sie: »Doch so viel? Hätte ich nicht gedacht, dass die so großzügig sind. Da kann ich ja die ganze Beerdigung damit bezahlen.«

Mir wurde schlecht und ich fuhr nach Hause.

* * *

In den Tagen danach fuhren wir mit meiner Stiefmutter in verschiedene Baumärkte. Hannes entfernte den Teppichboden und entsorgte die Sitzgarnitur. Ich begann das Laminat zu verlegen. Es war eine körperliche Arbeit, die ich eigentlich aufgrund meines Gesundheitszustandes nicht mehr durchführen durfte. Das sollte ich noch bitter bereuen.

Am letzten Tag, kurz bevor ich fertig war, kam Hannes dazu und wollte mir helfen. Zu diesem Zeitpunkt waren noch ganze 3 Bretter zu verlegen. Er ließ sich von mir die Vorgehensweise erklären, da er in seiner Wohnung auch Laminat legen wollte. Wie auf Bestellung kam eine Nach-

barin dazu. Meine Stiefmutter führte sie sofort in das Wohnzimmer und sagte stolz: »Schau mal, der neue Boden. Hannes und Jochen haben das doch super gemacht, oder?«
Die Nachbarin lobte „unsere" Arbeit. Mir wurde übel.

Drei Tage später wurde ich notoperiert.

Kapitel 15

Ich blute – also lebe ich.

Es war wieder Wochenende, Sabrina und ich relaxten im Garten. Ich fühlte mich eigentlich ganz gut, trotz der körperlichen und seelischen Anstrengungen der letzten Wochen. Als wir Sonntagabends zu Bett gingen, war noch alles in Ordnung.

Gegen 3 Uhr nachts wachte ich auf, weil sich mein Stomabeutel gefüllt hatte. Das hatte sich so bei mir eingependelt. Ich kann sogar auf dem Bauch schlafen, mein Unterbewusstsein meldet sich, wenn sich der Beutel füllt. Nur in der Anfangszeit gab es kleinere „Unfälle", bei denen sich der Beutel in der Nacht vom Bauch löste.

Ich setzte mich auf die Toilette und öffnete den Klettverschluss. Sofort schoss die Flüssigkeit heraus – es war reines Blut.

Schockiert schaute ich zu und sah, wie weiteres Blut pulsierend aus der Öffnung des Beutels in die Toilettenschüssel lief. Jetzt ist es soweit, ich werde sterben, war der einzige Gedanke, zu dem ich fähig war.

»Sabrina!«, rief ich laut. Meine Frau, schon seit Jahren sensibel auf meine Rufe eingestellt, erwachte sofort und fragte, was los sei.

»Ich verblute. Ruf den Notarzt, schnell!«

Ich hörte noch, wie sie zum Telefon rannte, dann verschwamm die Welt vor meinen Augen. Binnen kürzester Zeit, wie mir Sabrina später erklärte, waren Rettungswagen und Notarzt vor Ort und genauso schnell brachten sie mich in die nächste Klinik. Von dort blieb mir nur noch im Gedächtnis, dass ein Schock diagnostiziert wurde. Ein Arzt redete auf mich ein und sprach etwas von „Notoperation". In dieser Nacht wurde durch das Stoma die Aorta, die in den Darm gerissen war, geklammert.

Am nächsten Morgen erwachte ich in einem Krankenzimmer und fühlte mich gut. Bei der Visite erklärte mir ein Arzt, welch großes Glück ich mal wieder hatte, da eine Aorta gerissen sei, sie aber in den Darm geblutet hat und ich es so bemerken konnte. Wäre die Blutung in den Bauchraum gegangen, würde ich nicht mehr leben. Ich sollte nun ein paar Tage zur Beobachtung bleiben und wenn sich alles normalisieren würde, dann könnte ich bald wieder heim.

Wieder einmal war ich dem Tod von der Schippe gesprungen, dachte ich.

Ich war aber nicht weit genug gesprungen.

* * *

Der Tag verging ohne besondere Vorfälle, nur die Blutanhaftungen am Stuhl machten mir noch Sorgen. Ein Arzt beruhigte mich, das sei normal, im Darm befände sich noch etwas Restblut, das mit dem Stuhl ausgeschieden werde. Ich glaubte ihm gerne, doch Zweifel blieben.

Die Nacht kam und wieder musste ich zur Toilette, weil sich der Beutel gefüllt hatte. Wieder schoss das Blut aus dem Beutel heraus. Ich verschloss das Teil und schleppte mich aus dem Bad zu meinem Bett. Dort betätigte ich mit letzter Kraft die Notklingel. Die Klingel, die in jedem Klinikbad angebracht ist, hatte ich vollkommen vergessen. Nachdem ich den Knopf gedrückt hatte, fiel ich quer über das Bett und versank in einer tiefen Ohnmacht. So fand mich die Nachtschwester.

Als ich die Augen wieder aufschlug, sah ich einen Arzt, der einen Blutkonservenbeutel zusammenrollte und quetschte, um das Blut schneller in meine Adern zu pressen. Mir wurde eiskalt, was wohl an dem gekühlten Blut lag und ich begann, am ganzen Körper zu zittern. Ich konnte Beine und Arme nicht mehr unter Kontrolle halten. Auch mein Kopf fing an zu zittern, schlug auf die Liege, auf der ich lag, dann wurde es schwarz.

Irgendwann, es war anscheinend nicht viel Zeit vergangen, erwachte ich wieder und sah auf einen Monitor, wie man ihn bei einer Magen- oder Darmspiegelung sieht. Ein Arzt saß neben mir, eine Schwester assistierte ihm. Ich verfolgte das Geschehen auf dem Monitor. Der Arzt führte das Endoskop durch das Stoma in meinen Darm, ich konnte genau den Weg verfolgen. Blut kam der Kamera an der Spitze des Endoskops entgegen und wurde abgesaugt. Dann erreichte das Teil eine offene Wunde, aus der mein Blut gerade so herauspulsierte. Interessiert sah ich zu, wie die Wunde mit vier Klammern verschlossen und die Blutung gestoppt wurde. Als der Arzt sah, dass kein Blut mehr aus der Ader lief, sprang er auf, ballte die Faust und rief: »Yes, yes, yes...«

Ich fragte ihn leise, ob alles in Ordnung sei. Er blickte mich erschrocken an und rief: »Was ist denn hier los? Wieso sind Sie wach? Habe ich vergessen, Sie schlafen zu legen?«

Während er diese Fragen stellte, drückte er panisch den Kolben der Spritze herunter, die in einem Zugang an meinem Arm steckte. Ich schlief sofort ein.

Daba-Da-Die

Den Ton kannte ich doch! Wieder befand ich mich auf der Intensivstation. Derselbe Pfleger wie im letzten Jahr kümmerte sich um mich und ich konnte ihm endlich für all das, was er damals für mich getan und ertragen hatte, bedanken. Der Tag verlief langweilig. Ich war geistig und körperlich fit, konnte mich aber in keiner Weise ablenken. Es gab keinen Handyempfang, keinen Fernseher, kein Radio. Logisch, solche Dinge wurden auf einer Intensivstation unter normalen Umständen auch nicht benötigt. Im Laufe des Tages kam ein mir unbekannter Arzt an mein Bett und stellte mir eine einzige Frage.

»Sie lagen letztes Jahr hier im Koma. Hatten Sie in dieser Zeit Halluzinationen?«

Ich bejahte und bevor ich ihm die Fragen, die mir auf der Zunge lagen, stellen konnte, war er verschwunden. Die Ärzte wussten also genau von der Wirkung der damaligen Sedierung. Anscheinend hatten mehrere Patienten von solchen Halluzinationen berichtet. Ich hoffte, dass die Ärzte weiteren Patienten diese Torturen ersparen würden.

Auf der Intensivstation hatte ich nun durchsichtige Stoma-Beutel erhalten, durch diese konnte man sofort erkennen, wenn sich Blut in den Stuhl mischte. Zwei Tage war alles gut, die Ärzte waren zufrieden, sagten mir aber, dass ab sofort 2 Kilogramm das Höchstgewicht sei, das ich noch tragen dürfe. Ansonsten wäre die Gefahr eines erneuten Risses der Aorta zu hoch.

2 Kilogramm? Ich hatte viel Zeit zum Nachdenken. 2 Kilogramm hieß, dass ich nicht mehr angeln gehen durfte, da die Belastung dabei im Normalfall ständig höher liegt. Mit einer Wasserflasche mit 1,5 Litern Inhalt würde ich das Limit schon fast erreichen. Auch alle anderen, täglichen Bewegungen und Arbeiten überdachte ich. Meinen Job konnte ich an den Nagel hängen, ich konnte ja nicht von anderen verlangen, mir die Waren zu tragen. Wenn mir auf der Tour etwas passieren sollte, was dann? Würde ich nicht auch andere Verkehrsteilnehmer in Gefahr bringen, wenn ich plötzlich aufgrund eines Blutverlustes hinterm Steuer das Bewusstsein verliere? Noch viele weitere, eigentlich selbstverständliche Tätigkeiten in Haushalt und Garten, fielen mir ein. Eine damals für mich unakzeptable Situation.

An diesem zweiten Tag auf der Intensivstation wurde mir ebenfalls mitgeteilt, dass ich am folgenden Morgen auf die Normalstation verlegt werden sollte. Womöglich aus lauter Freude über die gute Nachricht fing mein Darm wieder an zu bluten.

Den Ärzten war nun das Risiko zu hoch und ich wurde in die Uniklinik verlegt, in der ich mein Stoma bekommen habe. Zuerst brachte man mich in die Überwachungsstation der Chirurgie. Dort war es mir genauso langweilig wie auf der Intensivstation der vorherigen Klinik. Ich hatte genug zu lesen dabei, aber ich wollte mich unbedingt etwas bewegen. Ich hatte Druckstellen am Hintern und der Hüfte vom langen Liegen. So bettelte ich bei der Schwester, das Bett für ein paar Minuten verlassen zu dürfen. Nach langem hin und her erlaubte sie mir, den Flur entlang zu laufen. Die Blicke der Ärzte und Schwestern, denen ich begegnete, werden immer in meinem Gedächtnis haften bleiben. Hatten sie doch noch nie einen Patienten gesehen, der in der Wachstation fröhlich herumlief. An diesem Abend begannen die Blutungen wieder. Eine Ärztin sah sich das auf der Wachstation mit dem Endoskop an und klammerte die Wunde erneut.

Am nächsten Morgen stand eine Schwester, die mir irgendwie bekannt vorkam, an meinem Bett. Sie reichte mir, zu den üblichen Tabletten, noch ein Medikament. Ich fragte, was das sei.

»Das ist Marcumar, diese Tabletten bekommen Sie ab sofort regelmäßig.«

Marcumar? Ich wusste zum Glück, was das für ein Medikament ist. Ein Blutverdünner! In meiner Situation, in der es Probleme mit der Blutgerinnung gab, wäre Marcumar womöglich tödlich.

»Das ist doch ein Blutverdünner?«, fragte ich die Schwester. »In meiner Situation gibt man doch kein Marcumar. Wer hat das angeordnet.«

»Ich sage Ihnen, Sie nehmen die Tablette jetzt und fertig.«

Ich nahm die Tablette in die Hand und warf sie quer durch das Zimmer.

»Nein!«

Die Schwester sah mich wütend an, drehte sich um und verließ das Zimmer. Dann fiel es mir wie Schuppen von den Augen. Bei der Frau handelte es sich um Schwester „Rabiata", der Schwester, die so gerne Patienten quälte. War sie also immer noch hier.

Bei der Visite erzählte ich der Ärztin von dem Vorfall, aber die wiegelte mit den Worten »Das kann nicht sein« ab. Auch in meinem Medikamentenplan war dieses Medikament nicht aufgeführt. Es handele sich sicher um eine Verwechslung. Ich ließ die Sache auf sich beruhen. Tags darauf wurde ich aufgrund meiner bestehenden Nierenprobleme in die Nephrologie verlegt. Kurz bevor ich abgeholt wurde, sollten alle Zugänge gezogen werden. Dies war aus Haftungsgründen nötig, selbst wenn mir auf der neuen Station wieder Nadeln gelegt werden mussten. Plötzlich stand „Rabiata" wieder vor mir und zog die Nadeln aus meinen Armen. Eine Schwester reichte ihr hautschonendes Pflaster, da ich eine Allergie gegen das feste, braune Pflaster hatte. Das lehnte die Frau ab und sagte: »Wir nehmen das braune Pflaster, das tut so schön weh beim Abziehen.«

Niemand widersprach ihr, sie hatte anscheinend die ganze Station im Griff. Was sollte ich tun? Ich hatte keine Beweise für die Vorgänge, weder die aus dem Jahr 2000, noch für die jetzigen. Also tat ich nichts. Mir ist heute noch unwohl bei dem Gedanken, dass diese Schwester weiterhin auf Patienten losgelassen wird.

Als ich in der Nephrologie ankam, juckte das Pflaster schon auf der Haut. Ich bat den netten Pfleger, mir hautschonendes Pflaster zu bringen, was dieser sofort tat. Er zog das braune Pflaster ab. Die Haut war gerötet und – zwei der Fäden, mit denen der Zugang fixiert gewesen ist, hingen noch in der Wunde. Die Schwester hatte nicht alle Fäden gezogen, unentdeckt hätte das eine böse Entzündung geben können. Auch dem Pfleger erzählte ich von den

Vorfällen, worauf dieser den Kopf schüttelte, aber sagte: »Da kann ich auch nichts machen.«

Zur Visite besuchte mich der Professor der Nephrologie. Er hatte sich in meinen Fall gründlich eingearbeitet und redete lange mit mir. Er gab mir viele Ratschläge, was in Bezug auf die Niereninsuffizienz zu tun sei und bot mir an, jederzeit zu ihm in die Klinik zu kommen. Ich behielt das im Hinterkopf.

Die Tage vergingen, die Blutungen hatten aufgehört und bald konnte ich entlassen werden. Meine Frau besuchte mich jeden Tag und freute sich riesig, als sie mich mit nach Hause nehmen durfte. Auch ich war glücklich, wieder in meiner gewohnten Umgebung leben zu dürfen. Nur eines schwor ich mir. In die Chirurgie dieses Krankenhauses würde ich mich nie wieder einweisen lassen.

* * *

Die ersten Tage zu Hause fielen mir unendlich schwer. Ich durfte nichts tragen, keine Anstrengung durfte ich mir zumuten. Sabrina kümmerte sich rührend um mich und nahm mir jeden Handgriff ab, ich bin ihr immer noch äußerst dankbar dafür. Wenn wir einkaufen gingen, trug sie die ganzen Waren und Getränkekisten. Mir war unwohl, wenn ich hinter meiner schleppenden Frau herlief, ohne etwas zu tragen. Irgendwann kam der Zeitpunkt, an dem ich ihr sagte, dass das kein Leben für mich sei. Ich fühlte mich trotz meiner vielen Einschränkungen immer noch fit und wollte mir nicht lebenslang alle Arbeit abnehmen lassen. Also begann ich, wieder kleinere Lasten zu heben, alles mit einer Technik, mit der ich die Bauchmuskulatur nicht belasten musste. Bei einer nachträglichen Untersuchung wurde festgestellt, dass der Riss zwar verheilt sei, aber meine Darmwände äußerst dünn waren und jederzeit neue Perforationen auftreten konnten.

Ich bin also eine tickende Zeitbombe. Jede falsche Bewegung kann die letzte sein, kann mich das Leben kosten. Schöne Voraussetzungen für mein weiteres Leben.

Kapitel 16

Sei immer gut, doch nie zu gütig –
die Wölfe werden sonst übermütig.
Sprichwort

Mit dieser Hypothek war mir die schwere körperliche
Arbeit bei meiner Stiefmutter natürlich ebenfalls
nicht mehr möglich. Ich rief sie an und bat sie um ein Gespräch. Bei ihr angekommen kam ich sofort auf den Punkt.

»Du musst dir jemand anderen für die Arbeiten hier am
Haus suchen. Ich kann und darf das alles nicht mehr machen.«

»Spinnst du? Wer soll denn das jetzt alles machen?«

Für meine Stiefmutter war das ein harter Schlag. Plötzlich
fiel ihre billige Arbeitskraft aus. Dementsprechend reagierte
sie auf meine Ankündigung, ihr nicht mehr bei körperlichen
Arbeiten helfen zu können.

»Ich jedenfalls nicht mehr, ich werde doch mein Leben
nicht riskieren. Du kannst ja Hannes fragen, ob er es
macht.«

Bei diesem Satz musste ich mich beherrschen, nicht zu lachen. Hannes war schon immer gut darin, sich vor Arbeit zu verdrücken. Das würde in diesem Fall nicht anders sein.

»Der hat keine Zeit, der arbeitet ja. Da kannst du dir mal ein Beispiel nehmen.«

Das tat ich nicht, ich wusste ja, wie ich solche Sätze einzuordnen hatte. Immer wieder wurde Sabrina und mir Faulheit vorgeworfen. Unsere gesundheitlichen Probleme wurden schlichtweg ignoriert, wenn meine Stiefmutter einen eigenen Vorteil daraus ziehen konnte.

Der ganze Hass auf Sabrina und mich sollte sich in den folgenden Jahren entladen.

Am Abend nach dem Gespräch bekam ich einen Anruf von Hannes, in dem er mir vorwarf, ich sei nur zu faul und wolle nicht mehr für „seine" Mutter arbeiten. Ich erklärte ihm in aller Ruhe, warum ich dieses Risiko nicht mehr auf mich nahm. Daraufhin jammerte er mir vor, dass er nun alles machen müsse. Das könne er ebenfalls nicht immer, seine Mutter müsse nun zumindest die Gartenarbeiten von einer Firma aus führen lassen. Dafür solle sie bezahlen, was sie sehr aufregen würde.

Na und? – dachte ich für mich. Sie war doch, nach eigener Aussage, eine reiche Witwe, da konnte sie die etwa

100 Euro im Monat locker bezahlen. Ich war an einem Punkt angelangt, an dem ich mich nicht mehr ausnutzen lassen wollte. Es war mir egal, ob diese Frau ein paar Euros hinterher weinte oder nicht. Das sagte ich auch zu Hannes, der daraufhin das Gespräch abbrach.

Nach dem Tod meines Vaters verbrachten wir die Heiligabende bei uns zu Hause. Auch in diesem Jahr war das so geplant. Wir luden meine Stiefmutter, sowie Hannes mit seiner Freundin ein. Ich wollte einfach Frieden in der Familie haben und bemühte mich immer noch. An diesem Abend sollte es Fondue geben. Wir besorgten in den Tagen vorher alle Zutaten. Zwei Tage vor Heiligabend waren Sabrina und ich zu einer großen Geburtstagsfeier mit etwa 100 Gästen eingeladen. Mir ging es einigermaßen gut und so sagten wir zu. Der Abend war sehr schön, aber viele Leute waren erkältet und ich hoffte, dass ich mir da nichts eingefangen hatte.

Hatte ich doch, aber es war leider keine Erkältung.

An Heiligabend fühlte ich mich schon morgens sehr unwohl. Vormittags erbrach ich mich und gleichzeitig meinte mein Darm, er müsse mich mit heftigem Durchfall beglücken. Gegen 13 Uhr hatte sich diese Kombination von Erbrechen und Durchfall in mir festgesetzt. Ich wurde immer schwächer, konnte nicht mehr allein zur Toilette laufen und so blieb mir nichts anderes übrig, als Sabrina zu bitten, den Notarzt zu rufen. Der Rettungswagen kam sehr schnell. Sabrina warnte die Sanitäter schon draußen vor, dass ich eventuell das Norovirus hatte. So konnten sich die beiden gleich schützen. Kurz darauf kam der Notarzt und wies die Sanitäter an, mich sofort in die Klinik zu fahren. Bei der Aufnahme wurde beschlossen, mich umgehend zu isolieren.

Sabrina informierte meine Stiefmutter, packte das gesamte Essen zusammen und brachte es zu ihr, damit sie, Hannes und seine Freundin an diesem Abend nicht hungern mussten. Dort angekommen bekam sie von meiner Stiefmutter den Vorwurf zu hören, wie ich mir erlauben könne, gerade an diesem wichtigen Tag krank zu werden.

Selten habe ich einen solch schlimmen Heiligabend erlebt. Ständig hatte ich Darmkrämpfe und musste zur Toilette, den Beutel leeren. Dazu kam die Übelkeit, die nur sehr langsam durch Medikamente eingedämmt wurde.

Natürlich durfte ich das Zimmer nicht verlassen und jeder, der mich besuchen wollte, musste sich mit Kittel, Handschuhen und Mundschutz einkleiden. Naja, nur Sabrina besuchte mich, wie fast immer und mit diesem Virus in mir wollte ich auch keinen weiteren Besuch haben.

Ich bekam weitere Probleme, mit denen ich nicht rechnete. Die Luft in dem beheizten Raum war unglaublich staubig und trocken. Kaum lag ich in diesem Zimmer, bekam ich einen ständigen und sehr störenden Reizhusten. Das nächste Problem waren meine Schwierigkeiten, in Kliniken einzuschlafen. Ich ließ mir ein starkes Schlafmittel geben, spürte aber keinerlei Wirkung. Vom Pfleger, der Nachtdienst hatte, bekam ich auf Nachfrage beim diensthabenden Arzt eine zweite Tablette. Auch sie wirkte nicht. Am nächsten Tag fühlte ich mich hundemüde, konnte allerdings auch nicht einschlafen. Das ging Tag und Nacht so weiter. Sieben Tage lag ich in der Klinik, sieben Nächte lag ich wach. Die Müdigkeit war unbeschreiblich, trotzdem schlief ich nicht ein. Am letzten Tag hatte der Stationsarzt Mitleid mit mir und ich durfte unter der Auflage, eine Woche mit niemandem körperlichen Kontakt zu haben, die Klinik verlassen.

Sabrina fuhr mich nach Hause, ich legte mich auf die Couch – und schlief sofort ein.

* * *

Etwas an meinem Klinikaufenthalt ärgerte mich sehr. Ich lag von Heiligabend bis zum Silvestermorgen in der Klinik und meine liebe Verwandtschaft hatte es nicht für nötig befunden, mich auch nur ein einziges Mal wenigstens anzurufen. Ein Unding, bei allem was ich für diese Menschen getan und ausgehalten hatte. Innerlich hatte ich mich schon von der ganzen Verwandtschaft abgesagt, in der Realität sollte es noch eine Eskalation geben, bevor endlich und endgültig Funkstille herrschte.

* * *

Einige Zeit später hatte auch Sabrina genug, ständig meine Stiefmutter zum Arzt oder zum Einkaufen fahren zu müssen. Andauernd meldete sie sich, weil sie einen Fahrer brauchte und Sabrina war die gute Seele, die man ausnutzen konnte. Ein besonderer Vorfall im Wartezimmer einer Arztpraxis brachte das Fass zum überlaufen.

Sabrina hatte meine Stiefmutter morgens in diese Praxis gefahren und wartete mit ihr im voll besetzten Wartezimmer. Meine Stiefmutter war schon während der Fahrt aggressiv eingestellt, was Sabrina dann in voller Härte zu spüren bekam. Meine Frau hatte meiner Stiefmutter im Auto erklärt, dass sie nicht mehr ständig für sie verfügbar wäre und überall hinfahren könne. Als die beiden im voll besetzten Wartezimmer saßen, zog meine Stiefmutter einen 10 Euro-Schein aus ihrer Geldbörse und warf ihn auf Sabrina.

»Hier hast du mein letztes Geld. Ihr macht mich ja arm!«, rief sie dazu laut durch das Zimmer. Die anderen Patienten sahen Sabrina teils mit Abscheu an. Meine Stiefmutter hatte erreicht, was sie wollte. Ich denke, das Ganze war inszeniert, um Sabrina zu strafen, da sie sich weigerte, weiter für sie zu arbeiten. Geld hatten wir übrigens nie verlangt, deshalb war meine Frau von dieser Situation vollkommen überrascht und wehrte sich nicht gegen diese Frechheit.

Danach herrschte für einige Zeit Funkstille zwischen uns und meiner Familie. Es war eine schöne und ruhige Zeit. Mir war allerdings klar, dass das letzte Wort noch nicht gesprochen war.

* * *

Sabrinas Rente war zeitlich begrenzt, eine Verlängerung musste regelmäßig neu beantragt werden. Dies hatten wir nun schon 4 Mal gemacht, bei der fünften Verlängerung muss die Rentenversicherung eine Entscheidung treffen, ob die Rente ständig und unbefristet gewährt wird. Wir stellten den Antrag im Frühjahr und warteten. Der Ablauf der Rente kam immer näher, von der Rentenversicherung kam nichts. Als uns die Zeit zu knapp wurde, rief ich bei der zuständigen Stelle an. Dort wurde mir erklärt, dass der Antrag urlaubsbedingt nach unten gerutscht sei und in den nächsten drei

Monaten bearbeitet werden würde. Wir hatten allerdings keine drei Monate mehr Zeit. Meiner Bitte nach einer schnelleren Bearbeitung wurde nicht entsprochen. So gingen wir sofort zum örtlichen Vertreter unseres Sozialverbands und informierten ihn. Dieser griff umgehend zum Telefon und rief dieselbe Mitarbeiterin an, mit der ich schon gesprochen hatte. Nachdem er ihr die Dringlichkeit unseres Anliegens klar gemacht hatte, bekam Sabrina noch in derselben Woche einen Termin beim Gutachter.

Wieder wurde mir vor Augen geführt, dass man als „normaler" Mensch auch von der Rentenversicherung ignoriert wurde. Erst die Drohung, einen Anwalt einzuschalten weckt die Mitarbeiter auf und lässt sie handeln.

In diesen Tagen besuchte ich kurz meine Stiefmutter. Ich erzählte ihr von unserem Problem mit der Behörde und ließ zum Spaß anklingen, dass wenn Sabrinas Rente nicht verlängert werden würde, wir finanziell auf dem Trockenen sitzen würden. Wir müssten dann ausziehen und könnten eventuell bei ihr, meiner Stiefmutter, für eine gewisse Zeit einziehen. Diese These stellte ich nur in den Raum, um die Reaktion zu testen.

Die Panik in ihrem Blick sagte mir alles. Ich verabschiedete mich und wartete auf die Reaktion.

Diese ließ nicht lange auf sich warten. Zwei Tage darauf stand Hannes plötzlich bei uns vor der Tür. Ich freute mich schon auf das, was nun kommen musste. Mein Vater war nun seit knapp drei Jahren tot. Meine Stiefmutter lebte allein in dem Haus, Hannes und ich hatten bis dahin darauf verzichtet, uns unseren Erbteil auszahlen zu lassen. In dem Berliner Testament unserer Eltern waren Hannes und ich als Schlusserben benannt und meine Stiefmutter hatte unterschrieben, dass ich bei ihrem Ableben erbrechtlich wie ein leiblicher Sohn ihrerseits gestellt werde. Es stimmte also alles, was uns die damalige Freundin meines Halbbruders erzählt hatte.

Nach einigen belanglosen Floskeln kam Hannes plötzlich auf das Haus zu sprechen. Es sei dort so unglaublich viel Arbeit zu machen und er könne das nicht alleine bewältigen. Ich vermutete erst, er wolle mich fragen, ob ich mich nicht doch wieder handwerklich betätigen könnte, aber das Gespräch nahm eine deutlich andere Wendung.

»Ich will das Haus. Es gehört von Rechts wegen sowieso mir!«

Ich dachte, ich hätte mich verhört, aber er wiederholte auf Nachfrage diese Sätze.

Nachdem ich die Forderung, die mir nach meinem Versuchsballon logisch erschien, überdacht hatte, antwortete ich.

»Na, wenn du das unbedingt möchtest, dann können wir darüber reden. Wenn deine Mutter damit einverstanden ist, dann kann sie dir das Haus überschreiben und du bezahlst mich aus.«

Damit war Hannes selbstverständlich nicht einverstanden. Das hatte ich schon so erwartet. In manchen Menschen kann man lesen wie in einem Buch.

»Ich würde dich ja auszahlen, habe aber kein Geld. Du musst eben warten, bis ich welches habe. Eine Hypothek auf das Haus werde ich wegen dir nicht aufnehmen. Ich habe eh noch hohe Schulden und wenn die abbezahlt sind, dann will ich schuldenfrei leben.«

Innerlich musste ich lachen. Er würde mich also auszahlen, könne aber nicht und ich solle warten, bis er vielleicht irgendwann Geld hätte. Wann sollte das denn sein? Nach einem Lottogewinn? Natürlich wollte ich mich dermaßen dreist nicht über den Tisch ziehen lassen. Ich bot ihm an, mit seiner Mutter, meiner Stiefmutter, sonntags zu uns zum Kaffee zu kommen. Dann würden wir alles besprechen und vielleicht eine Lösung finden. Diesem Vorschlag stimmte er nur widerwillig zu.

* * *

Der Sonntag kam und ich war gespannt, was sich die beiden hatten einfallen lassen. Wir waren auf alles vorbereitet, aber nicht auf eine solch wirre Gesprächsrunde.

Nach Kaffee und Kuchen begann meine Stiefmutter zu jammern, dass sie sich in dem großen Haus so alleine fühle. Sie wolle, dass Hannes mit seiner Freundin zu ihr zieht. Dagegen hätte ich nichts gehabt, allerdings kamen im weiteren Verlauf des Gesprächs immer wieder kleine Punkte auf den Tisch, die an meinen gesetzlich mir zustehenden Ansprüchen knabberten. Mal wollte sie uns beiden, Hannes und mir, das Haus überschreiben, mal sollte Hannes das Haus bekommen, dann sprach sie wieder davon, das alles doch nicht so machen zu wollen. Sie würde lieber das Haus verkaufen und ins betreute Wohnen zu ziehen.

Dem widersprach Hannes sofort vehement.

»Das wirst du nicht tun, da müsstest du ja das Haus verkaufen und wo soll ich dann bleiben? Wir hatten doch alles ganz anders besprochen.«

Dieses verwirrende andauernde hin und her langweilte mich und ich forderte die beiden auf, endlich zu sagen, was sie wirklich von mir wollten. Sie sahen sich kurz an, dann kam Hannes zum Punkt.

»Es verhält sich ja so. Bevor ich einziehe muss das Dach neu gemacht werden und das Obergeschoss braucht eine Renovierung. Es ist ja nicht eingerichtet, da müssen noch Leitungen gelegt werden und das Bad ist aus den 70er Jahren. Das muss ebenfalls gemacht werden. Ich schlage dir vor, dass du das machst oder zumindest die Kosten übernimmst, damit ich darin anständig wohnen kann. Dass ich dich nicht sofort auszahlen kann, ist dir ja bekannt. Ich würde dir dann, wenn ich selbst schuldenfrei bin, 20.000 Euro geben. Wenn du jetzt nicht gleich zustimmst, dann bekommst du gar nichts.«

Selbst solch eine bodenlose Frechheit konnte mich nicht mehr überraschen. Er forderte mich also auf, Kosten von mindestens 50.000 Euro zu übernehmen, um mich irgendwann mit 20.000 Euro abzufinden. Eine super Rechnung – für ihn. Erwartete er wirklich Zustimmung von mir? So dumm hatte ich ihn bisher nicht eingeschätzt. Ich wollte gerade etwas dazu sagen, da sprach meine Stiefmutter.

»Am liebsten wäre uns eh, du würdest ganz verzichten. Das kannst du uns ja sofort unterschreiben, dann sind wir sofort weg.«

Damit lagen endlich die Karten offen auf dem Tisch. Ich sah Sabrina an, lächelte und antwortete den beiden.

»Schade, dass ihr schon gehen wollt. Und das auch noch sofort. Tschüss, kommt gut nach Hause.«

Verblüfft sahen sie mich an. Mit einer solchen Reaktion hatten sie wohl beide nicht gerechnet, aber nach einem Blick in mein Gesicht hatten sie es sehr eilig, aus dem Haus zu kommen.

* * *

Ich unterhielt mich mit Sabrina, wobei ich wissen wollte, welchen Eindruck sie von der ganzen Scharade hatte. Meine Frau war ebenfalls ob der Frechheit fast sprachlos, allerdings wusste auch sie, dass nun etwas von der Seite meiner Familie aus passieren würde.

Unser Gefühl hatte uns nicht getäuscht.

In der Woche nach dem Gespräch fiel mir ein, dass ich noch einen Schlüssel für mein Elternhaus hatte. Ich setzte mich ins Auto und fuhr ohne Ankündigung zu meiner Stiefmutter. Sie war sehr überrascht und nicht gerade erfreut, mich zu sehen, bat mich aber trotzdem hinein. Wieder begann sie davon, dass ich auf meinen Erbteil verzichten sollte, damit ihr Sohn mich nicht ausbezahlen müsste. Dadurch hätte er nur noch mehr Schulden und sie hatte Angst, dass er dann irgendwann das Haus verkaufen müsse. Ich lachte und erklärte ihr, dass man die ganze Sache auch ruhig und für beide Seiten gütlich hätte klären können. Was ihr Sohn für Probleme hatte war mir egal.

»Dann will ich, dass du sofort das Haus verlässt. Ich will dich hier nie wiedersehen.«

Diese Sätze schrie sie mir förmlich entgegen.

Ich akzeptierte, legte den Schlüssel auf den Tisch und ging zur Haustür. In diesem Moment rief sie mir den letzten Satz nach, den ich bis heute von ihr hörte.

»Stirb doch endlich!«

Kapitel 17

Wer glaubt, über der Situation zu stehen,
steht in Wirklichkeit nur daneben.
Friedl Beutelrock (1889 – 1958)

Diesen Gefallen tat ich ihr natürlich nicht. Ich wollte ja keinesfalls, dass sie aus lauter Freude einen Herzinfarkt bekam.

Einen Monat später erfuhr ich, dass Hannes bei ihr eingezogen war und sich in seinem Bekanntenkreis als stolzer Hausbesitzer präsentierte. Ich wollte ihm einfach nicht alles kampflos überlassen, bei allem, was er und seine Mutter mir in meinem Leben angetan hatten. So machte ich einen Termin beim Anwalt.

Nach dem Gespräch mit meinem Anwalt entschloss ich mich, nun doch meinen Erbteil zu verlangen. Binnen kurzer Zeit wurde meiner Stiefmutter die Forderung zugestellt. Es dauerte ein paar Wochen, bis ich weitere Informationen bekam. Meiner Forderung wurde völlig sinnlos widersprochen. Meine Stiefmutter würde ihr auf keinen Fall nachkommen. Mir blieb nichts anderes übrig, als Klage einzureichen. Zu diesem Zeitpunkt war schon klar, dass sie ihre Weigerung viel teurer kommen würde, als wenn sie gleich bezahlt hätte.

Mittlerweile hatte sich meine Stiefmutter ebenfalls einen Anwalt genommen. Seine Forderung lautete, dass ich auf meinen Erbteil verzichten solle. Also nichts Neues.

* * *

Bei meinem nächsten Termin in der Kanzlei bekam ich einen genaueren Einblick, warum hier sogar vom Anwalt der Gegenseite gegen alle Vernunft Gesetze ignoriert und denen widersprochen wurde.

Nach dem geltenden Erbrecht stand mir der Pflichtteil zu, nicht mehr, aber auch nicht weniger.

Anwälte sind Menschen. Menschen reden miteinander. Anwälte reden miteinander.

Mein Anwalt erzählte mir, dass er mit dem Vertreter der Gegenseite gesprochen hatte, um eventuell einen Vergleich zu schließen. Dieser teilte ihm mit, dass meine Stiefmutter mich sofort ausbezahlt hätte, aber Hannes wäre vehement dazwischen gegrätscht und sei komplett uneinsichtig, auch als ihm die Rechtslage erklärt wurde. Er war der Meinung, dass mein Vater und ich uns damals ins „gemachte Nest" gesetzt hätten und mir deshalb nichts zustünde. Die jahrelange Arbeit meines Vaters an Haus und Grundstück und die Überschreibungsurkunde, in der der Vater meiner Stiefmutter das Haus damals den beiden als Eigentum überschrieben hatte, interessierten ihn nicht.

Meine Stiefmutter hatte wohl den schlechtesten Berater gewählt, den man haben kann. Er hatte keine Ahnung von Rechtsfragen und war nur von Hass und Gier geleitet. Natürlich freuten sich die Anwälte über so viel Naivität; brachte Hannes ihnen doch zusätzliche Einnahmen.

Das Gericht forderte ein Gutachten für das Haus an, um den Verkehrswert zu ermitteln. Es war mir noch in Erinnerung, dass die aktuelle Freundin von Hannes einmal erwähnt hatte, dass sie einen Handwerker kennt, der auch Gutachten macht. Angeblich fielen dessen Gutachten so aus, wie der Auftraggeber wünschte. Ich war gespannt.

Hannes gab das Gutachten in Auftrag und als es kam, konnte ich nur noch mit dem Kopf schütteln. Ich weiß nicht, ob der Gutachter derjenige war, den Hannes´ Freundin kennt. Ich weiß auch nicht, ob der Gutachter ein bisschen Gefälligkeit einfließen ließ. Wahrscheinlich war er einfach nur unfähig und schlecht.

Das Gutachten, das etwas über 2.000 Euro gekostet hatte, war von Fehlern durchzogen, die mir auf den ersten

Blick aufgefallen sind. Der Wert des Hauses war auf einen unglaublich niedrigen Preis herunter gerechnet. Ich möchte Ihnen ein einzelnes exaktes Beispiel daraus nennen.

Einen Anbau auf dem Grundstück bezifferte das Gutachten auf 70.000 Euro Neuwert. Der Verkehrswert nach all den Jahren lag bei 30% von dieser Summe. Im Ergebnis kam der Gutachter statt auf 21.000 Euro lediglich auf 1.251 Euro. Lustig, oder? Nein, war und ist es nicht! Wenn diese Rechnung, wie einige andere, bewusst so falsch erstellt wurde, dann handelte es sich schlicht und einfach um Betrug.

Viele weitere von solchen augenscheinlichen Fehlern waren in diesem Gutachten zu finden. Für mich ein Zeichen, dass hier entweder bewusst getäuscht worden war, oder der Gutachter einen sehr schlechten Tag hatte. Da der Gerichtstermin gerade mal 2 Tage später anberaumt war, verzichteten wir auf eine Widerrede und hoben uns diese für die Verhandlung auf.

Der Tag der Verhandlung kam. In der Ladung waren Hannes und Sabrina als Zeugen benannt worden. Ich saß mit Sabrina vor Beginn der Verhandlung im Flur vor dem Gerichtssaal. Dann kam Hannes – ohne meine Steifmutter. Er ging lächelnd auf mich zu und streckte mir die Hand entgegen. Ich schlug nicht ein, zu viel hatte ich in den letzten Tagen über seine Denk- und Vorgehensweise erfahren. Meine Weigerung passte ihm überhaupt nicht und er bot mir an, die ganze Sache „draußen" zu klären, während er mir die geballte Faust zeigte. Was er mit seinem Angebot meinte brauche ich wohl nicht zu erklären. Ich reagierte mit einem Lachen darauf.

Der Richter erschien und ich nahm im Sitzungssaal neben meinem Anwalt Platz. Vor der eigentlichen Verhandlung musste eine Güteverhandlung durchgeführt werden, um vielleicht doch noch eine außergerichtliche Lösung zu finden. Bei der Feststellung der Anwesenden wurde meine Stiefmutter, die ja die eigentliche Beklagte war, vermisst. Ihr Anwalt erklärte, dass sich meine Stiefmutter bei einem Sturz an der Hand verletzt hätte und deshalb nicht an der Verhandlung teilnehmen konnte. Mit diesen Worten legte der Anwalt dem Richter ein ärztliches Attest vor. Der Richter runzelte die Stirn und fragte den Anwalt wörtlich, ob er ihn „verarschen" wolle.

»Sie legen mir ernsthaft ein 6 Wochen altes Attest vor, in dem steht, dass sich Ihre Mandantin die Hand verstaucht hat? Für wie blöde hält mich diese Frau? Die läuft ja sicher nicht auf ihren Händen und hätte hier erscheinen müssen.«

Der Anwalt druckste etwas rum und stellte plötzlich eine Einigung in der Güteverhandlung in Aussicht.

»Ich hätte große Lust, Ihre Mandantin polizeilich vorführen zu lassen. Wenn die Güteverhandlung platzt, dann werde ich das tun. Glauben Sie ja nicht, dass ich mir so etwas bieten lasse.«

Die Anwälte trugen ihre Anträge vor und tauschten Argumente aus. Danach durfte ich mein Anliegen vorbringen und bat, an den Richtertisch treten zu dürfen. Ich legte im Beisein beider Anwälte meine Kopie des Hausgutachtens vor und zeigte allen, welche Fehler ich gefunden hatte. Alle falschen Berechnungen darin gingen natürlich zu meinen Lasten.

Der Richter sah sich alles in Ruhe an, rechnete mit einem Taschenrechner nach, musste mehrmals kurz lachen und wandte sich kopfschüttelnd an den Anwalt der Beklagten.

»Ich würde Ihnen dringend raten, ihre Mandantin zu kontaktieren und sie zu überzeugen, dass die Forderung des Klägers in vollem Umfang berechtigt ist. In einer Verhandlung sehe ich keine Chance, dass Sie mit einem positiven Urteil hier rausgehen. Und denken Sie daran, ich werde

Ihre Mandantin von einem Beamten vorführen lassen, sollte sie auf einer Verhandlung bestehen.«

Der Anwalt meinte, er müsse sich mit dem Sohn der Beklagten beraten und seine Mandantin anrufen. Deshalb bat er um eine Unterbrechung.

Der Richter gewährte ihm 10 Minuten, um alles abzuklären.

Nach der Sitzungspause wollte der Anwalt den geforderten Betrag noch einmal verhandeln, was ich nicht zuließ. Dann wandte er sich an den Richter.

»Ich habe meine Mandantin erreicht, sie würde zustimmen. Das Problem ist der Sohn, der weiterhin ablehnt und keine Einsicht zeigt.«

Der Richter sah den Anwalt fragend an.

»Wer ist denn jetzt Ihr Mandant? Die Beklagte oder der Sohn der Beklagten? Wir verhandeln hier ja nicht quer durch die Familie.«

»Natürlich ist die Beklagte meine Mandantin.«

»Dann handeln Sie auch danach!«

Der Anwalt sah keine andere Möglichkeit mehr, als dem Vergleich zuzustimmen. Allerdings wollte er noch einen kleinen Trick anbringen, der im Nachhinein gesehen ziemlich dreist war.

»Okay, wir stimmen der Vereinbarung zu, unter der Bedingung, dass damit alle jetzigen und zukünftigen Forderungen gegen meine Mandantin von Seiten des Klägers abgegolten sind.«

Damit wollte er mich von zukünftigen Erbansprüchen gegen meine Stiefmutter ausschließen. Der Richter durchschaute diesen Kniff sofort.

»Das werde ich nicht in den Beschluss hineinschreiben. Hier geht es einzig und allein um die Forderung des Erbteils vom verstorbenen Vater des Klägers und so werde ich es auch formulieren.«

Zerknirscht stimmte der Anwalt zu.

Wir erhoben uns und der Richter verlas seinen Beschluss.

Da die Zustimmung beider Seiten vorlag war die Angelegenheit erledigt. Erleichtert verließen wir das Gerichtsgebäude.

Das ganze Prozedere war unnötig gewesen und hat meine Stiefmutter eine große Summe mehr gekostet, als eine gütliche Einigung.

Das Lustige für mich daran ist der Zeitpunkt, an dem meinem Halbbruder das Haus überschrieben wurde. Hätten die beiden nur noch ein paar Monate damit gewartet, wäre die Verjährungsfrist abgelaufen und ich hätte keine Ansprüche mehr auf meinen Erbteil gehabt.

Gier und Ungeduld lohnen sich eben nicht.

Epilog

Der Tod lächelt uns alle an, das einzige,
was man machen kann, ist zurücklächeln.
Marcus Aurelius (121 – 180)

Soweit zu meiner Geschichte. Heute leben wir, ohne Kontakt zu meinen Verwandten, äußerst ruhig und ohne Stress. Natürlich macht mir der Morbus Crohn immer wieder mal kleinere Probleme, aber meine Lebensqualität hat sich durch das Stoma stark verbessert, das ist auch heute noch so. Allerdings fährt mein Gewicht ständig auf der Berg - und Talbahn. Seit ein paar Jahren bekomme ich wieder meine Zusatzernährung verschrieben, die mir mein damaliger Hausarzt aus Angst vor Regressansprüchen verweigerte. Zum selben Zeitpunkt begann ich Humira (Adalimumab) zu spritzen, einen TNF-Blocker, der mir sehr gut hilft. Immer noch habe ich mit meinen Blutwerten Probleme, das wird sich wohl auch nie mehr ändern. Ich bekomme in 14-tägigem Rhythmus eine hochdosierte Eiseninfusion, damit meine Werte einigermaßen stabil bleiben. Auch die Fistel am Hintern fördert ab und zu noch Urin, so dass ich mir die Unterhosen mit Damenbinden auslegen muss und nicht für längere Zeit sitzen kann, da sonst der Hintern wund wird. Seit der Zeit, als mir die Wurst im Hals hängen blieb, habe ich Probleme mit einer Verengung in der Speiseröhre. Des Öfteren bleibt mir, wenn ich nicht aufpasse, das Essen im Hals stecken. Ein Problem, das ich mit kleinen Bissen umgehen kann. Ein größeres Problem stellt das Essen gehen in einem Restaurant dar. Da ich nur kleine Portionen bestimmter Speisen essen kann, muss ich ständig erklären, warum ich den halb gefüllten Teller zurück gehen lasse. Das brachte mir schon viele ärgerliche Blicke vom Personal ein, doch damit kann ich leben.

Egal, was ich alles durchgemacht habe, egal wie oft ich zum Arzt oder in die Klinik muss, egal welche Steine mir in den Weg gelegt werden, ich habe meine Frau, die mir immer und in allen Situationen den Rücken stärkt.

Ich lebe – und das ist das Wichtigste.

Passen Sie auf sich auf, genießen Sie Ihre Zeit und vermeiden Sie Ärger, so lebt es sich besser.

Herzlichst, Jochen.

Herzlichen Dank an meine beiden Lektorinnen Caro und Ute, die erneut hervorragende Arbeit geleistet haben. Ihr habt mir den richtigen Weg gezeigt.

Mein größter Dank gilt meiner Frau Sylvia, die mir als erste Testleserin all meiner Texte kritisch und beratend zur Seite steht. Ich liebe Dich.

»Jochen – Bastardkind 2« ist eine fiktive Geschichte. Ähnlichkeiten mit tatsächlich existierenden Institutionen, Geschehnissen, sowie lebenden oder verstorbenen Personen sind rein zufällig und nicht beabsichtigt. Ähnliche Erlebnisse sind natürlich nicht ausgeschlossen, da CED-Erkrankte oft einen vergleichbaren Krankheitsverlauf haben.

Alle verwendeten Zitate sind gemeinfrei bzw. es liegt eine Genehmigung vor. Ich erkläre, dass eingefügte Links von mir vor Erscheinen des Buches überprüft wurden. Auf alles, was nach der Veröffentlichung dieses Buches auf den verlinkten Seiten geändert wurde, habe ich keinen Einfluss.

Frank Huhnhäuser wurde 1960 in Berlin geboren und lebt mit seiner Frau in der Südpfalz. Im Jahr 2015 begann er mit dem Schreiben. Seinen schriftstellerischen Schwerpunkt stellen Kurzgeschichten und Kriminalromane dar.

Seine Kurzgeschichte »*Fundamente*« zählte zu den Gewinnern des Schreibwettbewerbs *Irgendwas bleibt* der Saarländischen Buchmesse *HomBuch* und wurde in deren Anthologie zur Messe 2015 veröffentlicht.

Die Krimi-Kurzgeschichte »*Blutmond*« wurde in der Anthologie »Jedes Wort ein Atemzug« im Karina-Verlag veröffentlicht.

Die Kurzgeschichte »*Sühne*« erschien im Mai 2015 im EL-VEA-Magazin.

Für das Projekt Die *Trilogie der Flügel* des Karina-Verlags, bei dem 60 Autoren gemeinsam einen Thriller schrieben, lieferte Frank Huhnhäuser Kapitel für den ersten Band »Vergessene Flügel« und den dritten Band »Vollendete Flügel«.

Mit »*Moralische Motive*« erschien im Juli 2015 sein erster Krimi im Karina-Verlag.

Im Jahr 2016 erreichte der Autor bei der Wahl zum *Hombuch-Preis* in der Kategorie *Krimi* den zweiten Platz.

Im Januar 2018 erschien »*Jochen - Bastardkind*«.

Mehr zu Frank Huhnhäuser finden Sie unter:

HP: www.frankhuhnhaeuser.jimdo.com

E-Mail: Bastardkind@gmx.de

Facebook: http://facebook.com/autor.frank

Jochen - Bastardkind

Das DDR-Flüchtlingskind Jochen ist nach der Scheidung der Eltern hilflos der physischen und psychischen Gewalt seiner Familie ausgeliefert.

Im Alter von 12 Jahren erkrankt der Junge an Morbus Crohn, einer unheilbaren Darmentzündung. Ein schwerer Krankheitsverlauf, in Kombination mit täglichen Misshandlungen beherrscht sein Leben, in dem er des Öfteren dem Tod die Hand reicht.

Schonungslos offen und stellenweise brutal schildert Jochen seinen Leidensweg.

ISBN-10: 3746093058
ISBN-13: 978-3746093055
ASIN: B079NS7S54

Moralische Motive

Ein Massachusetts-Krimi

In der Kleinstadt Brookfield ermordet ein Profikiller die Hausfrau Hannah Elroy. Fast gleichzeitig wird die geschändete Leiche von Freddy Grey gefunden. Detective David Soames und sein Team stehen vor mehreren Rätseln. Worin liegt das Motiv für den Mord an Hannah? Wer hat Freddy Grey ermordet und dermaßen verstümmelt? Was bedeutet der Bibelspruch, der ihm an die Brust getackert wurde? Hängen die beiden Fälle zusammen?

Eine Jagd durch die dunklen Abgründe der menschlichen Seele vor dem Hintergrund des Indian Summer in Massachusetts beginnt.

2. Auflage, ISBN: 9783748138990